吉井 勇・訳
竹久夢二・絵

新訳絵入
現代文

伊勢物語

国書刊行会

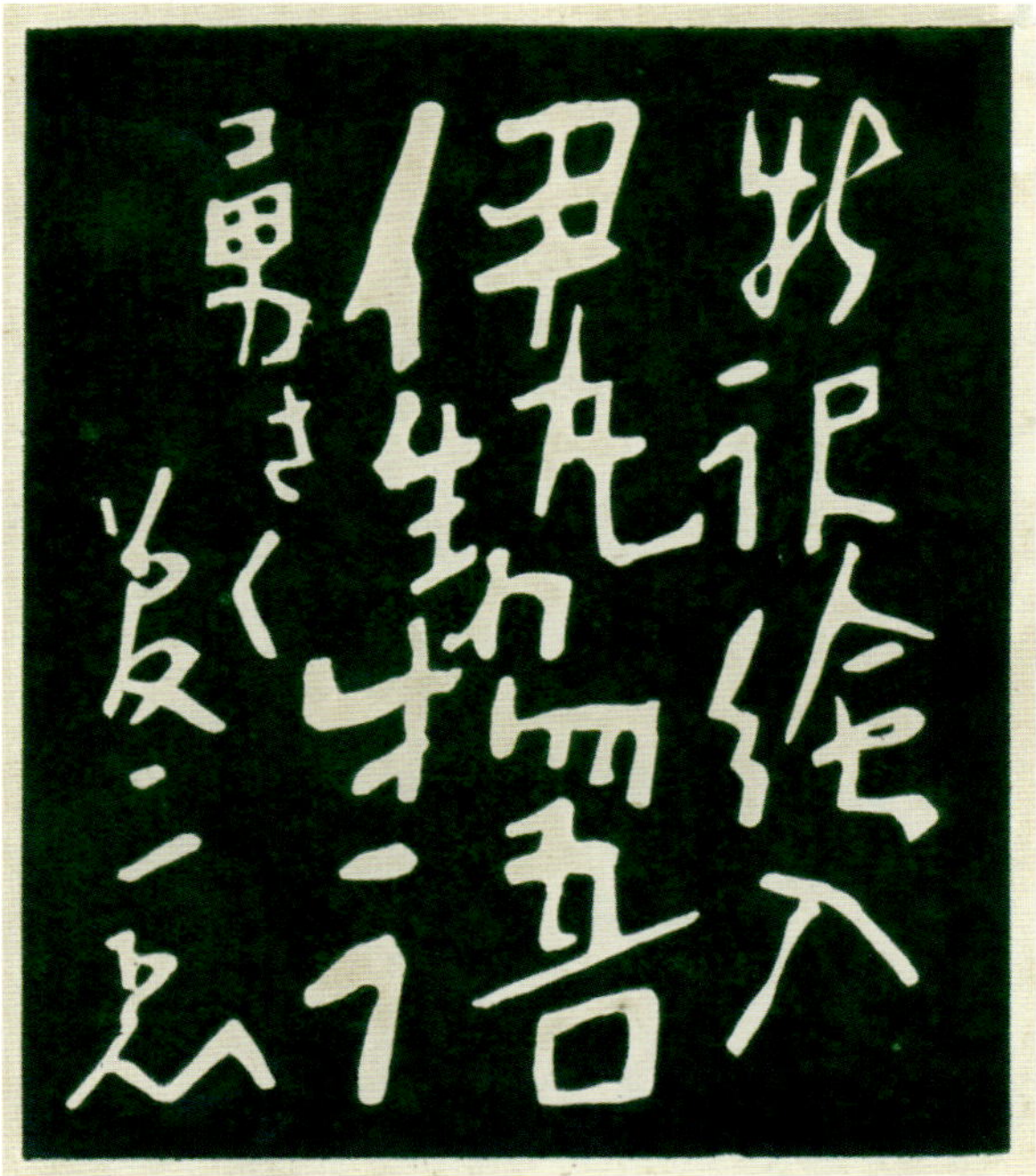

原本本扉

都鳥（第９段）

筒井筒（第 23 段）

荒れた家（第 58 段）

翁の心の中は（第 76 段）

陸奥からの手紙（第 116 段）

まえがき

本書は、大正六年五月一五日に阿蘭陀書房から刊行された、吉井勇訳・竹久夢二絵『新訳絵入　伊勢物語』をもとに、現代表記に改めたものです。

刊行に当たり、著者吉井勇の著作権者吉井秀子氏と打ち合わせ（平成二二年一一月二〇日）、現代表記や小見出し、装幀などについて有益な助言をいただきました。

本書は吉井勇が三〇歳、竹久夢二が三二歳のときの著作で、今から九三年前の発行です。今回の出版に当たり、著者の執筆の意図に沿いながら現代の読者の利便を考慮し、以下のような編集上の補いをしました。

①本文の旧漢字旧仮名を新漢字新仮名に改めました。

②漢字の振り仮名は必要なものだけを残しました。また、難字や読みにくいものには原本になくとも付し、必要に応じて意味を（ ）で補いました。また、難字や読みにくいものを平仮名にし、一部改行を加えました。

③原本では『伊勢物語』全一二五段の構成に、一部脱落と移動がありましたので、現行の諸本に照らして一部修正しました。

④原本では各段の始まりを「一」「二」と表記しておりますが、今回の編集に当たり小見出しを付しました。

⑤竹久夢二の挿絵のうち、カラー挿絵は巻頭口絵にまとめました。

平成二三年二月

国書刊行会

目次

目次

目次

一　狩衣の裾を切り裂いて

これは古き世のある男の物語である。

その男は始めて元服をしたので、奈良の京《みやこ》、春日《かすが》の里の自分の領地を、見廻るために狩倉《かりくら》（狩猟）にでかけた。そこには美しい姉妹の若い女たちが住んでいる家があったが、彼はあるときはからずも垣間見《かいま》て、ところに似合わぬ美しい女たちなので心を惹《ひ》かれた。

そこで彼は着ていた狩衣《かりぎぬ》の裾を切り裂いて、一首の歌を書きつけて贈った。彼は信夫摺《しのぶずり》の狩衣を着ていたので、その歌も、

春日野の　わか紫の　すり衣

信夫《しのぶ》のみだれ　かぎり知られず

という即興の歌であった。おりからの風流には女たちも、「みちのくのしのぶ文字摺誰《ずりたれ》ゆえにみだれ初《そ》めにしわれならなくに」と歌った人の心持ちも思い合わされて、どんなにゆかしく思ったであろう。昔の人はまだ年の若い時分から、こういう「恋の戯《たわむ》れ」を知っていたのである。

二　三月初旬の、雨がしめやかに降る朝

これも古き世のある男の物語である。奈良から遷《うつ》ってきたばかりで、この新しい平安の都には人家もあまり多くなかった時分、西の

二　三月初旬の、雨がしめやかに降る朝

京《みやこ》に住んでいる一人の女がいた。

その女は世の中の人に立ち勝《まさ》った容貌《きりょう》と心とを持っているうえに、とりわけ心が美しく、情け深い、もののあわれをよく知っている女であったから、はかない想いを懸けている男も少なくなかった。わが物語の主人公は、そのなかでも真実、思っている一人だったが、ある夜、その女と語り明かして帰ってきてから、彼はなに思ったか、次のような歌を書いて彼《か》の女に贈った。

起きもせず　寝もせず　夜を明かしては
春のものとて　ながめ暮らしつ

それは三月の初旬《はじめ》のことで、雨がしめやかに降っている朝であった。

三　海草を届けながら

往昔《むかし》、ある男がいた。日ごろから想いを懸けていた女のところへ、ヒジキという海草を届けるのに、

思ひあらば　葎《むぐら》の宿に　寝《ね》もしなむ
　ひじきものには　袖をしつつも

という歌を書き添えて送った。

これは二条の后《きさき》がまだ入内《じゅだい》にならないで、藤原の家にあって高子《たかこ》といわれいた時分のことなのである。

四　隠れてしまった女への切ない思い

往昔《むかし》、東の五条の皇太后の宮の御所《ごしょ》があったことがあるが、そのころ、西の対《つい》に住んでいる一人の女がいた。彼は最初、その女を心から慕っていたのではなかったのだけれど、数度の訪問を重ねているうちに、二人はいつしか深い恋に落ちた。しかし、それもはかない恋で、それから間もなく、一月十日ごろに、女は不意に姿を隠してしまったのである。

女の隠れているところは、人から聴いて分かったけれども、そこは人の往来《いきき》のできないところなので、彼はなお悲しい思いを抱いたまま、憂《う》き日を送らなければならなかった。

そのうちに一年の月日《つきひ》はすぎて、その翌年の一月がきた。そうしてまた梅花《ばいか》の盛りのころとなったので、彼はなつかしい去年の追憶の跡をたどりながら、彼《か》の女の住んでいた西の対《つい》の方《かた》へいってみた。立ったり居《い》たりして、つくづく四辺《あたり》を見廻《みまわ》したけれども、そこからはもう、あの時分の風情は見る影もなく失われて、ただ悲しい思い出ばかりが残っていた。

彼は日が西に落ちようとする時分まで、荒れはてた板敷《いたじき》の上に、泣きながら倒れ臥《ふ》していたが、そのうちに一首の歌が悲しげに彼の口からもれた。

月やあらぬ　春やむかしの　春ならぬ
わが身ひとつは　もとの身にして

彼はこう歌を詠んでから、ほのかに夜明けが近づいてくるのを見て、詮《せん》かたなく泣きながら帰っていった。

五　通《かよ》い路《じ》に関守が立つ

往昔《むかし》、ある一人の男が、東の五条のほとりに住んでいる或《あ》る女のところへ、人目を忍んで通っていったことがあった。もとより密《ひそ》かに通ってゆくところだから、門からは入らずに、子供たちが踏み越えて崩した築土《つきじ》の破れたところから通っていた。その辺は人目も稀《まれ》であったのだが、あまり足繁く通っていったものだから、ついにその家の主人《あるじ》の耳に入った。

そうして、それからはその通《かよ》い路《じ》に、夜衛《やえい》の者を置くようになっ

たのので、彼は夜毎《よごと》に通っていっても、もう女に逢うことができないで、空しく帰らなければならなかった。

そこで、彼は歌を詠んだ。

人知れぬ　わが通《かよ》ひ路《じ》の　関守は
　よひよひごとに　打ちも寝《ね》ななむ

その歌を人づてに女が聴《き》いて、逢わせぬ人たちの無情をひどく恨んだので、ついに彼《か》の女の父も二人の恋を許すようになった。

これも二条の后《きさき》とある男との間に起こったできごとで、それは女の兄たちが外聞《がいぶん》をはばかってしたことなのであった。

六　連れだした女が鬼に食べられる

これもまた、古き世のある男の物語である。

彼はわけがあって逢うことのできなくなっていた女に、幾年の間も、通いつづけていたが、やっと女が男の情けにほだされて、言うことをきくようになったので、とうとう女を盗みだして、ある夜の闇にまぎれて遁《に》げた。芥川《あくたがわ》という河の岸に沿って往《ゆ》くうちに、彼《か》の女はふと、草の上に置いた露を認めて、

「あれは何でしょう」

と男にきいた。しかし彼は行く先がまだ遠く、それに、もう夜も更《ふ》けわたっているので、それには何の答えもせずに路《みち》を急いだ。

そのうち烈しい雷雨となったので、鬼などのいるところとは夢にも知らず、そこに荒れはてた倉のあるのを見つけて、彼は女を奥に押し入れておいて、自分は弓や（矢を入れる）胡籙《やなぐい》を身に帯《お》びたまま、戸口にたたずんで、寂しく夜の明けるのを待っていた。

早く夜が明けてくれればよいと思っているうちに、鬼は早くも女を一口に啖《く》ってしまった。彼《か》の女は悲しげに叫んだのであろうけれども、その声は雷鳴にかき消されて、男の耳にはきこえなかった。ようやく空が白んで薄明かりとなったので、倉の中を見ると、そこには伴《つ》れてきた女の姿が見えない。彼は足摺《あしず》りをして嘆いたけれども、もうどうすることも出来なかった。

これは、そのとき彼が自ら悼《いた》んだ歌である。

白玉か　なにぞと人の　問いしとき
露と答えて　消《き》なましものを

この出来事は、二条の后《きさき》がまだ彼《か》の女の従妹《いとこ》にあたる、文徳《もんとく》天皇の女御《にょご》明子《あきこ》のところに仕《つか》えている時分のことである。

彼は彼《か》の女の姿があまり美しかったので、盗み出して負《お》っていったのを、かの女の兄の堀河の太政大臣藤原基経《だいじょうだいじんふじわらのもとつね》と、大納言藤原国経《くにつね》とが、まだ官位の低い時分のことで、御所へゆく道すがら、はからずも女の泣き叫ぶ声を聞いて、引き留めてようやく取り返した。それをここでは鬼といっているのであろう。

これは、彼《か》の女がまだ二条の后《きさき》とならない時分の出来事だという話である。

七　海辺の旅愁

往昔《むかし》、ある男がいた。都にも住みにくくなったので、東《ひがし》をさして漂泊《さすらい》の旅にのぼったが、伊勢と尾張との間の海辺にくると、波の白く翻《ひるがえ》るのが、悲しく彼の目に映《うつ》った。

そこで彼は、また、たえがたき旅愁を感じて歌った。

いとどしく　過ぎにし方《かた》の　恋しきに
うらやましくも　かへる浪かな

八　信濃の、浅間の煙

これもやはり今の世のことではない。ある一人の男がおったが、世を憤《いきどお》ったはての絶望から、もうこんな都にはいないで、どこかに身の置きどころを求めようと思って、心細くもさまよっていった。信濃の国に来て浅間山の煙を見たとき、彼はどんなに旅の哀れを感じたであろう。

信濃なる　浅間が岳《だけ》に　立つ煙
遠《おち》かたびとの　見やはとがめぬ

九　富士山と都鳥

往昔《むかし》、ある男がいた。その男はわが身を無用の者と決め込んで、京《みやこ》には住むまい、東国の方に住むべき処を見つけようと、出かけて行った。もとより彼は一人で出かけたのではなかったけれど、誰も東道《とうどう》（東国への道）を共にする者がないので、彼らはいくたびか路《みち》に迷った。三河の国の八橋《やつはし》というところに来ると、河の水がいくつにも分かれて、流れには丸木橋が懸け渡してあった。そうしてここを八橋というのも、橋の数が八つあるからとのことなのである。

彼らはその沢の近くの木蔭《こかげ》に憩いながら、携えてきた昼餉《ひるげ》をしたためた。沢にはカキツバタが美しく咲いていたので、それを見た彼

らのうちの一人は、

「かきつばたという五文字を句の上に置いて、旅情を歌ったらおもしろかろう」

といった。そこで、彼はすぐにそれに応じて歌を作った。

から衣　きつつなれにし　つましあらば
はるばる来ぬる　たびをしぞ思ふ

この歌を聴くと、みんな悲しくなって、思わず不覚の涙をこぼした。

こうやって漂泊の旅をつづけていくうちに、いつか駿河の国まで来た。宇津《うつ》の山《やま》（古来、難所として有名な静岡県宇津谷峠《うつのやとうげ》付近）にさしかかって、自分たちのゆく方を見ると山路《やまみち》が暗くて狭いうえに、蔦蔓《つたかずら》が生い茂っていて、いかにも心細そうである。都では思いも懸けなかった恐ろしさに、胸をふるわせながら路《みち》を急いでいくと、はからずもひとりの山伏に出会った。

「どうして、こんなところにおいでになります」

と、声をかけられて顔を見ると、それは都で見知っていた人だったので、彼は急に思いついて、恋人のところへ手紙を書いて言伝《ことづ》ててやった。その手紙のなかにはこんな歌が書いてあった。

駿河なる　宇津の山辺の　うつつにも
　夢にも人の　逢はぬなりけり

富士山を仰いで見ると、もう（旧暦の）五月の終わりだというのに、雪が白く降り積もっていた。

時知らぬ　山は富士の根　いつとてか
　かのこ斑《まだら》に　雪の降るらむ

彼がこう歌った富士山は、例えば比叡山を二〇ばかり積み重ねたくらいの大きさで、形は塩を焼く浜でよく見かける、塩尻《しおじり》という砂山に似ている。

なお漂泊《ひょうはく》の旅をつづけていくと、武蔵の国と下総《しもふさ》の国との間を流れている、隅田川という大河《おおかわ》のほとりに出た。渡し船を待っている間に、つくづくと自分たちのきた跡をかえり見ると、漂泊《ひょうはく》の路《みち》ははてしなくつづいて、ただいたずらに心を傷《いた》ましめるばかりであった。

「さあ　日暮れ間近じゃ、早く船に」

と呼ぶ渡し守の声に驚いて、みんな急いで船に乗ったが、都に恋人

を置いてきたことを思うと、何となく身にしみるような寂しさを覚えた。ちょうどそのとき、鴨ぐらいの大きさで、赤い嘴《くちばし》と脚《あし》とを持った白い水禽《みずどり》が魚を啄《ついば》んでいるのを見たが、京《きょう》では見なれない鳥であったから、誰もその名を知らなかったので、渡し守にきくと、それは都鳥であると答えた。

名にし負《お》はば　いざ言問《ことと》はん　都鳥
　わが思ふ人は　ありやなしやと

船中の人々は、この歌を聴《き》いてことごとく泣いた。

一〇　武蔵の国、入間郡吉野の里

往昔《むかし》、ある男が武蔵の国まで漂泊《ひょうはく》していったことがあった。彼はそこに住んでいるうち、ある女のところに通っていたが、その女の父はほかの男に嫁《とつ》がせようとするにもかかわらず、母は彼が貴族の一人であるということから、どうか娘を娶《めあ》わせたいと心の中で思っていた。そうしてあるとき、彼に次のような歌を送った。彼《か》の女の母は藤原氏の一族で、家は入間郡《いるまごおり》の吉野という里にあった。

みよしのの　田の面《も》の雁《かり》も　ひたぶるに
君がかたにぞ　寄ると鳴くなる

彼はこの歌に答えて、こういう歌を送り返した。

わが方《かた》に　寄ると云ふなる　み吉野の
　田の面の雁を　いつか忘れむ

彼は旅に出て、他国に漂泊《ひょうはく》しているときでも、なお、こういう「恋の戯れ」を忘れなかった。

一一　雲と空ゆく月のめぐり逢い

これも往昔《むかし》、ある男が遠い東国の旅路から、その友のところへ送ってよこした歌がある。

忘るなよ　ほどは雲井に　へだつとも
空ゆく月の　めぐり逢ふまで

一二　焼かれようとした娘

往昔《むかし》、ある男がいたが、ある人の娘を盗み出して、武蔵野へ連れてゆこうとしているうちに、国守《こくしゅ》に捕えられようとしたので、女を叢《くさむら》の中に匿《かく》して、置いて逃げた。それを見て往来の人たちは、ここには盗人《ぬすびと》が隠れているとわめき立てながら、火を放ってその野を焼こうとした。そこで女は泣きながら叢《くさむら》の中から、

武蔵野は　今日はな焼きそ　若草の
　夫《つま》もこもれり　われもこもれり

と詠《えい》じたので、すぐに追手の人たちに見つけだされて、男といっしょに伴《つ》れ戻された。

一三　耐えがたき悲哀

往昔《むかし》、武蔵に住む男から、京《きょう》に住む女のところへ「このこと打ち明けて言うは恥しく、さりとて言わねば苦しく候」と書いた手紙に、「武蔵鐙《むさしあぶみ》」という表書《うわがき》をしてよこしたが、それっきり消息が絶えてしまったので、女はなんだか心もとなく思って、

武蔵鐙《むさしあぶみ》　さすがにかけて　頼むには
問はぬもつらし　問ふもうるさし

と、文《ふみ》の中に書いて送った。男はこの歌を見ると、耐えがたき悲哀を感じて、苦しい思いを歌にもらした。

問へば言ふ　問わねばうらむ　武蔵鐙《むさしあぶみ》
かかる折にや　人は死ぬらむ

一四　姉波《あねは》の松の人ならば

往昔《むかし》、ある男が、陸奥《むつ》の国へ漂泊《ひょうはく》していったことがあった。その国の女の中には、この都からきた男がこの辺では、稀《まれ》に見るような美しさなのに心が惹《ひ》かれて、切なる思いを寄せる者があった。そうしてあるとき、その女は、

なかなかに　恋に死なずば　桑子《くわこ》にぞ
なるべかりける　玉《たま》の緒《お》ばかり

という、いかにも陸奥少女《みちのくおとめ》らしい歌を詠んで、男のところへ送ってよこした。男もそれを見ると、さすがに、かわいそうに思ったのであろう。ある夜、その女のところへ忍んでいって、浅からぬ情けを懸けてやった。夜半《よわ》に及んで帰ろうとすると、女は別れを惜しんで悲しげに歌った。

夜も明けば　狐《きつ》に食《は》めなむ　鶏《くだかけ》の
　まだきに鳴きて　夫《せな》をやりつる

そのうち、男はいよいよ京へ帰るときがきたので、

栗原の　姉波《あねは》の松の　人ならば
　都のつとに　いざと云はましを

という歌を女のところへ送った。そうすると女はその歌の深い意味を悟らずに、いちずに男が自分を慕っているものと思って、喜んでそのことばかり言いつづけていた。

一五　忍ぶ山、しのびて通う……

往昔《むかし》、ある男が陸奥《むつ》の国にいる時分のことである。あるつまらない者の娘《むすめ》のところへ通っていたが、その女の様子がいかにも由緒《よし》ありげに見えたので、彼は試してみようと思って、

忍ぶ山　しのびて通ふ　道もがな
　人のこころの　奥も見るべく

と言ってやった。

女はこの歌を読んで、まことに結構なことだとは思ったけれども、こんな蝦夷少女《えみしおとめ》のことだから、とても都びとの気には入るまい

と思って、とうとう返事も出さなかった。

一六　尼寺へ入る妻への思い

これも往昔《むかし》、紀有常《きのありつね》という人があった。三代の朝廷（仁明・文徳・清和）に歴仕《れきし》して、一時は世にときめいたこともあったが、ついには時代の変遷とともに失脚の人となってしまった。しかし彼は当時の卑しい人たちと違って、心の美しい、立派な人物であったから、再び栄達の道を求めようともせずに、貧しい生活をしていながらも、心持ちばかりは昔のままで、まるで世の中のことは知らないで暮らしていたのである。

そういう有様であったから、年来親しんだ彼の妻も、次第に彼から遠ざかって、ついには自分で落飾《らくしょく》（髪をおろすこと）して、彼《か》の女の姉のいる尼寺へ入ってしまった。我と離れていく女に心残りはなかったけれど、これが最後の別れかと思えば、何となく彼《か》の女が哀れになって、なにか形見にやりたいと思ったが、そこにはもう何物もなかった。いろいろ思い案じた末、日頃親しくしている友だちのところへ、次のような文句の手紙を出した。

「このような次第《しだい》にて、今はとても、（別れて）ゆくものに少しの品をも取らすこともかなわず、姉がもとへ遣《つか》わす本意なさを、なにとぞお察しくだされたく候」

そうしてその手紙の終わりには、

手を折りて　経《へ》にける年を　数ふれば

十と云ひつつ　四つは経《へ》にける

という歌が書いてあった。
その友だちはこれを見て、ひどく彼を不憫《ふびん》に思って、夜具まで送り届けてやったが、それには次のような歌が添えてあった。

年だにも　十とて四つは　経《へ》にけるを
いくたび君を　たのみ来《こ》ぬらむ

これを見て、彼はどんなに喜んだであろう。すぐに一首、

これやこの　天の羽衣《はごろも》　うべしこそ
君が御衣《みけし》に　たてまつりけれ

と詠んだけれど、なお、喜ばしさに耐えかねて、嬉し涙にむせびながら歌った。

秋や来る　露やまがふと　思ふまで
あるは涙の　降るにぞありける

一七　桜の季節に歌の応答

往昔《むかし》、久しく訪《おとず》れてこなかった人が、桜の盛りに見に来たので、主人は一首の歌を贈った。

仇《あだ》なりと　名にこそ立てれ　さくら花

年に稀《まれ》なる　人も待ちけり

そうすると、その人はすぐに、

今日来《こ》ずば　明日は雪とぞ　降りなまし
消えずばありとも　花と見ましや

という返歌をした。

一八　うわべだけの風流心と菊の花

往昔《むかし》、ある生利《なまぎき》な（うわべだけの風流心の）女がいた。近所に住んでいる一人の男が歌人《うたびと》ということを聴《き》いて、ひとつ試してみようと思い、菊の花の色の褪《あ》せた枝を折って、それに次のような歌を添えて送った。

くれないに　匂ふはいづら　白雪の
枝もとををに　降るかとも見ゆ

男はわざと女の心を知らないような様子で、

くれないに　匂うがうへの　白雪は
折りける人の　袖かとぞ見る

というさり気ない歌を返してやった。

一九　別れた男への恨みをこめ

これはまた古き世のある男の物語である。

彼がある貴人《あてびと》の北の方に仕《つか》えている時分、やはりそこに仕えている女御《にょご》の一人と懇《ねんご》ろになったが、直《じ》きに二人は別れてしまった。同じ御所のことだから、女は懐《なつか》しそうに男の方を見るけれども、彼はまるで彼《か》の女のことなぞは忘れたように、冷やかであった。

そこで、彼《か》の女は歌を送って恨みを述べた。

天雲《あまくも》の　よそにも人の　なりゆくか
さすがに目には　見ゆるものから

彼はそれに対して、こういう返歌をした。

ゆきかえり　空にのみして　経《ふ》ることは
わがゐる山の　風はやみなり

彼《か》の女は多くの男を持った、きわめて多情な女であった。

二〇　三月の楓《かえで》の紅葉

ある男が大和《やまと》の国に住んでいる女を見染めて、そこまで通《かよ》っていったことがあった。しかし、彼は仕官の身であったから、やがて都に帰らなければならなかった。そうして女に別れて帰ってくると、三月だというのに紅葉をしている楓《もみじ》があったので、その枝を折って、途中から女のところへ送ってやった。

君がため　手折《たお》れる枝は　春ながら
かくこそ秋の　紅葉《もみじ》しにけれ

女からの返歌は、彼が京に着いてから来たのである。

いつの間に　うつろふ色の　つきぬらむ
君が里には　春なかるらし

二一　相思相愛の男と女

往昔《むかし》、ある相思《そうし》の男女があって、他念《たねん》のない恋をつづけていたが、女はどういうわけだかつまらないことから、この世の中を憂《う》きものと思って、男を棄《す》てて出ていこうとしたが、ふと心付いて（思いついて）一首の歌を書き残した。

出《い》でて往《い》なば　心かろしと　云ひやせむ
世のありさまを　人は知らずに

男はこれを見て驚いたが、どういうわけで、こんなことになったかまるで分からないので、ただ、悲しさに涙が頰を流れるばかりであった。どこにいったろうと思って、門へ出て四辺《あたり》をずっと見廻したけれども、そこにはもう彼《か》の女の姿も見えず、尋《たず》ねる手だても思い当たらなかったので、泣く泣く家へ帰ってきた。

思う甲斐《かい》なき　世なりけり　年月《としつき》を
　仇にちぎりて　われや住まひし

彼はこう歌いながら、ぼんやり大空を眺めていたが、なお、悲しさに堪えられなかったと見えて、

人はいざ　思ひやすらむ　玉かつら
　面影にのみ　出でて見えつつ

と歌って、女を偲《しの》んだ。

そののち時を経《へ》て、女は悔恨の情に堪えられなくなったのであろう。男のところへ、こんな歌を言ってよこした。

今はとて　忘るる草の　種をだに
　人のこころに　まかせずもがな

男はそれに答えて、

忘れ草　植《う》うとだに　聴《き》くものならば
　思ひけりとは　知りもしなまし

という歌を送ったが、それからまた二人は前よりも深い恋に落ちた。しかし男はまだ何となく不安に思って、

忘るらむと　思う心の　うたがひに
　ありしよりけに　ものぞ悲しき

という歌を送って、女の心をたしかめると、女は疑い深い男の心を悲しんで、こんな歌を送って哀れな身の上を嘆いたのである。

中空《なかぞら》に　立ちゐる雲の　あともなく
　身の果敢《はか》なくも　なりぬべきかな

その後、二人は元の夫婦となったけれども、そのうちまた別れるようなことになって、その間も次第に疎《うと》くなってしまった。

二二　秋の夜の寝物語

往昔《むかし》、これという理由《わけ》もないのに、ふとしたことから別れてしまった恋人があったが、まだ忘れることが出来なかったとみえて、

女の方から男のところへ、

憂《う》きながら　人をばえしも　忘れねば
　かつ恨みつつ　なほぞ恋しき

という歌を送った。男は勝ち誇った心になって、

逢ひは見で　心ひとつを　川島の
　水のながれて　絶えじとぞ思ふ

という歌を返してやったけれど、つい、その夜いく気になって、女と一緒に寝てしまった。すぎ来《こ》し方《かた》やささきのことなど、いろいろ寝物語に耽《ふけ》っているうち、切なる思いは歌となって、思わず男の口をもれた。

秋の夜の　千夜《ちや》をひと夜に　なずらへて
八千夜し寝《ね》ばや　飽《あ》く時あらむ

女はそれを聴《き》いて、

秋の夜の　千夜《ちや》をひと夜に　なせりとも
ことば残りて　鳥や鳴きなむ

と歌ったが、それから男は前よりもいっそう可愛さが増して、しみじみ女のところへ通うようになった。

二三　筒井筒《つついづつ》――私の髪をあげてくれるのはあなたです

往昔《むかし》、都に遠い片田舎で商売をしている者の子供がいたが、井戸端などで遊んでいるうちに、いつの間にか年長《とした》けて、互いに恥ずかしく思い合うような年ごろとなった。しかし、心の中では、男はこの女を、また女はこの男を思っていたので、両親のすすめる結婚の話なぞは、まるで耳に入れなかった。

そのうちその隣りの男の方から女のところへ、こんな歌を送ってよこした。

筒井筒　井づつに懸《か》けし　まろがたけ

二三　筒井筒——私の髪をあげてくれるのはあなたです

生《お》ひにけらしな　相見ざる間に

それを見て、かの女はどんなに喜ばしく思ったであろう。すぐに、

くらべ来し　振り分け髪も　肩すぎぬ
君ならずして　誰か撫《な》づべき

という返歌を出した。こうやってたびたび歌の贈答などをしているうちに、とうとう二人は思い通り、一緒になることができた。

それから幾年かすぎた。女が親を失って、生活の頼りもなくなったので、男はこうして空しくその日を送っていても仕方があるまいというので、河内《かわち》の国の高安郡《たかやすごおり》へ商売にでかけていったが、そこである女に馴《な》れ初《そ》めて、その女のところへ通うようになった。

しかし、前の女は別にそれを妬《ねた》む様子もなく、男のいうままに出してやったので、何か恋の企みでもあるのではないかと、かえって男の方から女を疑って、河内の国へいった振りをして、庭の樹蔭《こかげ》に隠れて見ていた。そうすると、女は美しく化粧して、男のいった方の空を眺めながら、

風吹けば　沖津白浪《おきつしらなみ》　立田山《たつたやま》
　夜半《よわ》にや　君のひとり越ゆらむ

と懐しそうに歌った。男はそれを聴《き》いてから、急に女がいじらしくなって、河内へもあまり通わなくなった。

そうして、たまに河内の女のところへいってみると、はじめのうちは奥ゆかしく化粧もしていたが、今ではもう打ち解《と》けて、自堕落《じだらく》

な巻きつけ髪の長顔の女が、自分で飯匙《いいかい》（しゃもじ）を取って、笥子《けこ》（茶碗）に飯を盛るのを見ては、なんだか百年の恋も覚《さ》めるような心持ちがして、ついに通わないようになってしまった。

男が来なくなったので、女は大和《やまと》の方の空を眺めて、恋しさに堪えかねて歌った。

君があたり　見つつや居《お》らむ　生駒山《いこまやま》
雲なかくしそ　雨は降るとも

そのうち、やっとその大和の男から、来るという消息（手紙）があったので、彼《か》の女は喜んで待っていたが、いつも便りばかりで、待つ甲斐《かい》もなく時がすぎた。そこで、女は切なる心を歌に詠んで、

君来んと　云ひし夜ごとに　すぎぬれば
　頼まぬものの　恋ひつつぞをる

といってやったけれども、男はとうとう来なかった。

二四　待ちわびたあとに

往昔《むかし》、ある男とある女とが、都に遠い片田舎に住んでいたことがあった。男は仕官のために、別れを惜しんで都にのぼっていったきり、三年たっても帰ってこなかった。

女はひたすら待ちわびていたが、ほかにも親切に言い寄る男があったので、ふと、その方に心が惹《ひ》かれて、今夜逢うという約束を

してしまった。そうすると、その晩、男が都から帰ってきて、

「この戸を開けてくれ」

といいながら、彼《か》の女の家の戸をたたいた。しかし、女は戸を開けずに、ただ、歌ばかりを男の前に差し出したのである。

あら玉の　年の三年《みとせ》を　待ちわびて
ただこよひこそ　新枕《にいまくら》すれ

この歌を見て、男もくやしく思ったけれども、ただ、何気なく、

梓弓《あずさゆみ》　真弓《まゆみ》つき弓　年を経《へ》て
わがせしごとく　うるはしみせよ

という歌を詠んで立ち去ろうとしたので、女は心に深く恥じて、

梓弓《あずさゆみ》　ひけとひかねど　昔より
　心は君に　よりにしものを

と歌って、自分の〝真実〟を告げたけれども、男は聴き入れず、帰ってしまった。女は悲嘆の涙にむせびながら、男のあとを追いかけたけれども、もう、追いつくことはできなかった。そうして、あんまり息が切れるので、泉の湧いているところへ立ち寄ったが、そのままそこに倒れ伏してしまった。

相思はで　離《か》れぬる人を　とどめかね
　わが身は今ぞ　消えはてぬめる

絶望のあまり死んでしまった彼《か》の女の死骸のかたわらの石に、こんな歌が指の血で書いてあったのが、のちになって見い出された。

二五　多情な女

往昔《むかし》、ある一人の男がいたが、あるとき、逢おうとも言わなければ、また、逢うのがいやだとも言わない、男の心を悩ますような女に出会った。翻弄《ほんろう》されているとは知りながらも、なんとなく捨てがたい心持ちがしたので、

秋の野に　笹分けし朝の　袖よりも
　あはで寝る夜ぞ　ひじまさりける

という歌を送ってやった。そうすると、その多情な女はこんな返歌

をよこしたのである。

みるめなき　わが身を浦と　知らねばや
離《か》れなで海人《あま》の　足たゆく来る

二六　慰《なぐさ》めてくれる友へ

往昔《むかし》、ある男が五条あたりに住んでいる女と別れるようになったとき、慰めてくれる友だちがあったので、その返事としてこんな歌を送った。

思ほえず　袖に港の　さわぐかな

もろこし船の　寄りしばかりに

二七　盥《たらい》の水に映った女の顔

往昔《むかし》、ある男がいたが、ある女のところへ一夜通《かよ》ったきりで、それっきりいかなくなってしまった。それを女の親が腹を立てて、ある朝、手洗場の（竹で編んだ）貫簀《ぬきす》を取って抛《ほう》ると、悲しげに泣いている女の顔が、はからずも盥《たらい》の水の面に映《うつ》った。そこで女はこんな歌を詠んだ。

われはかり　物思ふ人は　またもあらじ

二七　盥の水に映った女の顔

と思へば　水の下にもありけり

それを聴《き》いて、通ってこなかった男も、女を憐れに思ったものであろう。

水口に　われや見ゆらむ　蛙《かわず》さへ
水の底にて　もろ声に鳴く

という歌で、自分の心がまったく女から離れているのではない、ということを知らせた。

二八　腑甲斐《ふがい》ない男の未練

これも往昔《むかし》のことである。ある多情な女がいて、男を嫌って出ていってしまったが、腑甲斐《ふがい》のないその男は、まだ、自分が捨てられたということを知らずに、未練な歌などを送っていた。

などてかく　逢ひがたみとは　なりぬらむ
水洩《も》らさじと　契《ちぎ》りしものを

二九　花の宴

往昔《むかし》、東宮《とうぐう》の母君である、ある女御《にょご》が花の賀《が》の饗宴《きょうえん》を催されたことがあった。そのとき招待されていった、禁衛軍《きんえいぐん》（天皇の宮城を守る軍）の長《おさ》であった人は、何を感じてかこんな歌を詠んだ。

花にあかぬ　嘆きはいつも　せしかども
今日のこよひに　似る時はなし

三〇　たまにしか逢ってくれない女へ

これは往昔《むかし》、ある男が、稀《まれ》にしか逢うことのできない女のところへ送ってやった歌である。

逢ふことは　玉の緒《お》ばかり　思ほえて
つらき心の　ながく見ゆらむ

三一　忘れ草

往昔《むかし》、ある男が宮中で、若い女房たちのいる局《つぼね》の前を通りかかったことがあった。そのとき彼は女たちが、男のまるで忘れているようなのを恨んだものか、

「あんな薄情な人の終わりはきっと好《よ》いことはありませんよ」

と囁き合っているのを聴いたので、

罪もなき　人を呪へば　わすれ草
　おのがうへにと　生《お》ふと云ふなる

と嘲《あざけ》るように歌った。それから女たちは、さらにまた、彼に対する

〝恨み〟を増した。

三二　しずのおだまき

往昔《むかし》、ある男が以前恋人であった女に、幾年か経《た》ってから、こんな歌を送った。

いにしへの　倭文《しず》の麻環《おだまき》　くりかへし
昔を今に　なすよしもがな

この歌を見て、女はなんと思ったであろう。

三三　こもり江のように

往昔《むかし》、ある男が摂津《せっつ》の国の菟原郡《うばらのこおり》に住んでいる女のところへ、通っていたことがあった。もう今度帰ったら再び来ないのではあるまいか、と思われるような様子が、男の素振《そぶ》りに現れたので、女は思わず恨み事を言った。すると男は、

芦辺《あしべ》より　満ち来る汐《しお》の　いやましに
君に心を　思ひ増すかな

という歌を詠んで、女をなだめた。

こもり江に　思ふ心を　いかでかは
　舟さす棹《さお》の　さして知るべき

女はそれに答えて、こういう歌を詠んだが、田舎女の作ったものとすれば、さして悪い歌ではあるまい。

三四　つれない仕打ちの女へ

往昔《むかし》、ある男が薄情な女のところへ、こんな歌を送って、そのつれなさを恨《うら》んだ。

云へばえに　云はねば胸の　騒がれて

心ひとつに　嘆くころかな

彼は悲しく思いつめた果てに、はからずも、この哀調を得たのであろう。

三五　心ならずも別れた女へ

往昔《むかし》、ある男が本意《ほい》なく（心ならずも）別れた女のところへ、自分の心を歌にかこつけて告げてやった。

玉の緒《お》を　合緒《あいお》によりて　結べれば
絶えてののちも　逢はむとぞ思ふ

三六　恨みがましい手紙への返歌

往昔《むかし》、ある男がいた。

「もはや、お忘れになりしことと存じ参らせ候」

と恨みがましい消息《しょうそく》（手紙）をよこした女に、ただ、

谷せばみ　峰《みね》まではへる　玉かずら
絶えむと人を　わが思はなくに

という歌で答えた。

三七　あなたと二人で結んだ下紐《したひも》ですもの

往昔《むかし》、ある男がある多情な女と恋に落ちたが、なんとなく不安に思ったものか、こんな歌を女のところへ送った。

われならで　下紐《したひも》解《と》くな　朝顔の
　夕かげ待たぬ　花にはありとも

そうすると、女はこういう歌を返してきた。

二人して　結びし紐《ひも》を　ひとりして
　相見るまでは　解かじとぞ思ふ

三八　恋というのは

往昔《むかし》、紀有常《きのありつね》があるところにいって、久しく帰ってこなかったので、ある男がこんな歌を送った。

君により　思ひならひぬ　世の中の
　人はこれをや　恋と言ふらむ

そうすると、すぐに有常から返歌が来た。

ならはねば　世の人言《ひとこと》に　何をかも
　恋とは云ふと　問ひし我しも

三九　蛍の明かり

往昔《むかし》、西院《さいいん》の帝《みかど》という、やんごとない方がおられた。その皇女の崇子《たかこ》内親王という方がお薨《かく》れになって、御葬送のあった夜のことである。その夜の光景を見にいこうというので、御所の隣に住んでいたある男は、女車《おんなぐるま》に相乗りで出かけていった。いつまでたっても葬列の影が見えないので、待ちくたびれて帰ろうとしていると、これも同じように見物に来ていた、天下に名高い好きものの源至《みなもとのいたる》が、めざとくもこの女車を見つけて近寄って来た。

そうして、嫌らしく戯れかかってきたが、そのうちに、道に飛んでいる蛍をつかまえたかと思うと、いきなりその車の中へ投げ込んだ。車の中に乗っている二人は、その蛍の光で顔を見られたら大変だというので、驚き慌てて消そうとした。そのとき、男は車の中から狼藉者《ろうぜきもの》をたしなめて歌った。

出でていなば　かぎりなるべし　燈火《ともし》尽き
　年経《へ》ぬるかと　泣く声を聴け

それを聴いて至《いたる》は、

いとあわれ　泣くぞ聴《き》こゆる　燈火《ともしび》の
　消《き》ゆるものとも　われは知らずな

という返歌をしたが、何だか、天下に名高い好きものが詠んだのにしては、あんまり面白くない歌である。

四〇　涙川のほとりまで送られて

往昔《むかし》、ある男が自分の家の婢《はしため》を、憎からず思って恋したことがあった。そうするとその男の親というのは、とかくに賢人顔《けんじんがお》をしたがる人達で、もしもこうやっているうちに、離れられなくなるような執着ができてはならないというので、女を他所《よそ》へ追いやろうとした。しかし、思い切ってそうもできないので、そのまま時をすごしていたが、男はまだ親がかりの身の上なので、強《し》いて女を留めておくだけの力もなく、また、女も卑しい婢《はしため》のことだから、これとてもどうすることも出来なかった。そのうちに二人の恋は、だんだん深くなってゆくばかりであった。

親たちはもう打ち捨てて置けなくなったので、急に女を追い出してしまった。男は血を吐くような思いであるが、親がかりの身の悲しさは、女を引きとめる術《すべ》もない。親たちは女に召し使いの者をつけて、途中まで送っていかせたが女はその人に言伝《ことづ》てて、男のところへこんな歌をよこした。

いずこまで　送りはしつと　人問はば
あかぬわかれの　涙川まで

男はこの歌を見て涙を流した。そうして、

厭《いと》ひては　誰かわかれの　かたからむ
ありしにまさる　今日は悲しも

という歌を詠んで、悲嘆のあまり気を失ってしまった。親たちはこんなことになろうとは思わなかったので、慌てて男を抱き起こしてみると、本当に息が絶えていたので、驚いて神仏に祈ったりした。彼はその日の黄昏時《たそがれどき》から息が絶えて、明くる日の夜の八時ごろに、ようよう蘇生《そせい》してわれに返ることができたのであった。

昔の若い人は情けが深かったから、恋のためにこんな苦しい思いまでしたのである。今はいくら情けの深い老人でも、こんなことはしないであろう。

四一　袍《ほう》（上着）を洗う

往昔《むかし》、二人の姉妹がいたが、姉は卑賤な貧乏人をその夫に持ち、妹は高貴な金持ちをその夫に持っていた。
貧乏人を夫の持った姉は、師走の大晦日《おおみそか》だというのに、自分で袍《ほう》（上着）の洗濯をしていたが、気をつけてはしていたものの、もとよりこんなことは慣れないので、つい、肩のところを破ってしまった。途方にくれて泣いていると、妹の夫がこれを聴いて、ひどく気の毒に思ったのであろう。まだ新しい緑衫《りょくしん》（緑色の六位）の袍《ほう》を、すぐに見つけ出して、持たせてやった。

紫の　色濃きときは　目もはるに
野なる草木ぞ　わかれざりける

これは『古今集』に、「読み人知らず」として載せてある、
「紫の一もとゆえに武蔵野の草はみながらあわれとぞ見る」

という歌の心持ちを詠んだものなのであろう。

四二　恋の疑惑

往昔《むかし》、ある男が多情の女と知りながらも、ある女と恋に落ちた。しかし憎からぬところもあったので、しばしばその女のところへ通っていったが、なにしろ頼りない女のことだから、やっぱり堪えがたい不安を感じないわけにはいかなかった。そうかといって、今さら思い切ることも出来ずに迷っているうち、二、三日用事があって、女のところへ通っていかれないことがあった。男は不安に堪えずして、女のところへこんな歌を送った。

出でて来し　あとだにいまだ　変わらじを
誰《た》が通《かよ》ひ路《じ》と　今はなるらむ

この歌をじっとみつめていると、そこに、恐しい恋の疑惑がある。

四三　ホトトギスの鳴く里

古き世の物語である。賀陽《かよう》親王という皇子がおられた。その皇子はきわめて心の温い方で、侍女《じじょ》たちに心を付《つ》けて（心を配り）、情けをかけてお使いになった。大勢の侍女たちの中には、優れた美人もいたので、若い男たちの中には、かれこれ言って言い寄るものが多かった。ある男が、自分ばかりだと思っていると、ほかの男がそれ

を聴きつけて、女のところへこんな手紙をやった。それはホトトギスの絵を描いてあって、そこにはまた、

ほととぎす　汝《な》が鳴く里の　あまたあれば
なほ　うとまれる　思ふものから

という歌が書いてあった。女が男の心を迎えて、

名のみ立つ　しでの田長《たおさ》は　今朝ぞ鳴く
いおりあまたに　疎《うと》まれぬれば

と言ってやると、男はまた返歌をよこした。

いほり多き　賤《して》の田長《たおさ》は　なほたのむ

わが住む里に　声し絶えずば

時はちょうど五月であった。

四四　餞別として

往昔《むかし》、ある男が京から地方へ赴任《ふにん》する人を招いて、送別の小宴を張ったことがあった。親友のことであったから、妻まで出て来て別れの杯をくみかわし、女の装束を餞別の贈物《たまもの》としようとした。主人はそこで即興の歌を詠んで、妻にいいつけてその裳《もすそ》の腰に結びつけさせた。

出でてゆく　君がためにと　脱ぎつれば
　我さへ裳《もすそ》　なくなりぬべきかな

四五　蛍よ、あの娘に告げておくれ

往昔《むかし》、ある男がいた。その男に恋い焦《こが》れている、ある家の秘蔵娘がいたが、どうかして一言《ひとこと》ものを言いたいと思ったけれども、それと口に出して言うことも出来ず、とうとう病《やまい》の床に寝るようなことになってしまった。もう、今にも死ぬという間際《まぎわ》になって、女はやっと自分の切ない恋を打ち明けたので、親が聴いて不愍《ふびん》に思い、涙ながらに男のところへ知らせてやったけれども、男があわてて駆

けつけてきた時は、もう女が息を引き取ったあとであった。それからのち、男にはずっと憂鬱《ゆううつ》な日ばかりつづいた。

六月の終わりで、暑さの烈しい時分のことである。宵は管絃の遊びなどで気が紛れているが、夏の短夜《みじかよ》も更《ふ》けてくると、涼しい風に吹かれながら飛んでいる、蛍を見ても悲しまれた。男はそのとき横になっていたが、ふと、こんな歌がその口からもれた。

飛ぶ蛍　雲のうえまで　行《い》ぬべくば
　秋風吹くと　雁《かり》に告げ来《こ》せ

そうして、さらに、悲しげにこう歌った。

暮れがたき　夏の日ぐらし　眺むれば

そのこととなく　ものぞ悲しき

四六　親友の手紙

往昔《むかし》、ある男にあるひとりの親しい友だちがいた。暫《しばら》くの間もそばを離れずに、互いに慕い合っているうちに、その友だちが遠方へいくことになったので、尽きぬ名残を惜しみながらも、別れなければならなかった。

幾年かたってからよこした手紙に、

「久しく御無音《ごぶおん》に打ちすぎ候間《そうろうあいだ》、もしや小生を御忘却《ごぼうきゃく》に相成り候《そうろう》こともやと、ひとり痛心《つうしん》致しおり候。去るものは日々に疎《うと》しということも有之《これあり》、これまた人心《じんしん》の常に御座候《そうろう》」
という文句があったのを見て、その友のところへこういう歌を送っ
てやった。

目離《めか》るとも　思ほえなくに　忘らるる
　時しなければ　おもかげに立つ

四七　引く手あまたのあなたですもの

往昔《むかし》、ある男が恋い焦《こが》れて、どうしても逢いたいと思っている女
がいた。しかし女は、男が移り気であるということを聴いて、いつも
無情《つれ》なくばかりあしらっていたが、あるとき、男にこんな歌を送った。

大幣《おおぬさ》の　引く手あまたに　聴《き》こゆれば
思へとえこそ　たのまざりけれ

そうすると、男はこういう返歌をした。

大幣《おおぬさ》と　名にこそ立てれ　流れても
つひに寄る瀬は　ありてふものを

四八　今知りました、人を待つ苦しさを

往昔《むかし》、ある男が離別（送別）の餞《はなむけ》をしようと思って、ある人を待っているけれども、ついに来なかったので、こんな歌を詠んだ。

今ぞ知る　苦しきものと　人待たむ
　里をば離れず　訪《と》うべかりけり

四九　うら若い妹よ

往昔《むかし》、ある男が、妹が艶《えん》に美しい姿をして、琴を弾いているのを見て歌った。

うらわかみ　寝よげに見ゆる　若草を
　人の結ばむ　ことをしぞ思ふ

それを聴《き》いて妹は言った。

初草の　などめずらしき　言《こと》の葉《は》ぞ
うらなくものを　思ひけるかな

五〇　浮気くらべ

往昔《むかし》、ある男がいたが、(男を)恨んでいる女を、かえってこっちから恨み返して、こんな歌を送ってやった。

鳥の子を　十《とお》ずつ十を　重ぬとも
いかがたのまむ　人のこころを

そうすると、女からこれに答えた歌が来た。

朝露は　消え残りても　ありぬべし
誰かこの世に　頼みはつべき

男がまた、

吹く風に　去年《こぞ》の桜は　散らずとも
あな頼みがた　人の心は

と言ってやると、すぐに女から返歌が来た。

ゆく水に　数かくよりも　果敢《はか》なきは
思はぬ人を　思ふなりけり

互いにこんな歌を詠みかわしていた男女のことであるから、さぞ、二人とも〝仇情け《あだなさけ》〟をくらべ合って、忍び歩きをしたことであろう。

五一　菊を植えて

往昔《むかし》、ある男がいて、庭に菊を植えた人にこんな歌を送った。

植ゑし植ゑば　秋なき時や　咲かざらむ
花こそ散らめ　根さえ枯れめや

五二　あやめを刈る

往昔《むかし》、ある男がいた。ある人のところから飾《かざ》り粽《ちまき》を贈ってきた返

事に、

菖蒲《あやめ》刈り　君は沼にぞ　まどひける
われは野に出でて　狩るぞわびしき

という歌を書いて、それに雉《きじ》を添えてやった。

五三　夜明けの鶏の声

往昔《むかし》、ある男がなかなか逢うことの出来ない女に逢って、いろいろ話をしているうちに、暁《あかつき》となって鶏鳴《けいめい》が聴《き》こえた。それを聴いて、男は悲しげに歌った。

いかでかく　鶏《とり》の鳴くらむ　人知れず
思ふこころは　まだ夜深きに

五四　薄情な女へ

往昔《むかし》、ある男が薄情な女に、こんな歌を送ってやった。

行きやらぬ　夢路をたどる　袂《たもと》には
天津《あまつ》空なる　露や置くらむ

五五　諦めなければならないときの歌

往昔《むかし》、ある男が長い間恋していた女を、諦《あきら》めなければならなくなった時に、歌った。

思はずは　ありもすらめど　言《こと》の葉《は》の
折りふしごとに　頼まるるかな

五六　恋に悩む男

往昔《むかし》、恋に悩んでいるある男がいて、寝ては思い、起きては思いしていた果《はて》が、思いあふれて歌となった。

わが袖は　草の庵に　あらねども
暮《く》るれば　露のやどりなりけり

五七　つれない女への歌

往昔《むかし》、ひそかに（恋に）胸を悩ましていた男から、薄情な女のところへ、こんな歌を送った。

恋ひわびぬ　あまの刈る藻《も》に　やどるてふ
われから身をも　くだきつるかな

五八　荒れた家

これも往昔《むかし》のことである。山城《やましろ》の国の長岡というところに、なんだか風体《ふうてい》に似合わしからぬ、色好みの男が住んでいた。そうして、その隣には宮様たちの住んでおいでになる御殿《ごてん》があって、そこにはたいてい同じような器量《きりょう》の女たちが、大勢仕えていたのである。

ある日のことであった。田舎のことであるからこの男は、田に出て稲刈りの見張りをしていた。そうすると隣の女たちがそれを見つけて、

「まあ、なんて感心な人なんでしょう」

などと言いながら、彼のまわりに集まってきたので、男はそこに居

たたまらずに、とうとう奥へ逃げこんで隠れてしまった。しかし女たちはなおも男のあとを追って来て、

荒れにけり　あはれ幾世の　宿なれや
　住みけむ人の　訪れもせぬ

と、今度は歌で戯《たわむ》れてきたから、男も負けじ心を起こして返歌をした。

葎《むぐら》生ひて　荒れたる宿の　うれたきは
　かりにも鬼の　集《すだ》くなりけり

女たちは、それでもまだ男を許そうとはせずに、今度は一緒に落《お》ち穂《ぼ》拾いをしようという。男は困って、また、戯れの歌を詠んだ。

五八　荒れた家

うちわびて　落穂拾うと　聴かませば
　われも田づらに　往《ゆ》かましものを

五九　息を吹きかえした男

往昔《むかし》、ある男がいたが、どうしてだか京に住むのを嫌って、東山に隠遁《いんとん》をしようとした。男はそのときこんな歌を歌った。

住みわびぬ　今はかぎりの　山里に
　身を隠すべき　宿もなからむ

そのうち、この男は重い病気にかかって、すでに息も絶えてしまったが、顔に水を吹きかけたり何かしているうちに、ようよう蘇《よみがえ》ることが出来た。

わが上に　露ぞ置くなる　天の河と
　渡る船の　櫂《かい》のしずくか

彼はかくて、再びこの世に生きかえったのである。

六〇　むかしの人の袖の香

往昔《むかし》、ある男がいた。宮中の勤めが忙しかったから、自然と妻にも疎遠《そえん》となっていたので、彼《か》の女はほかに真実（真心）のある男を求めて、（その男に）連れられて遠くへいってしまった。

そのうち、男は宇佐八幡宮の勅使を承《うけたまわ》って、筑紫《ちくし》へ下《くだ》っていってみると、女がちょうど勅使を接待する役人の妻になっているということが分かった。そこで男は、

「是非、その女に酌《しゃく》をさせてくれ。さもなくば、酒は飲まない」

といってきかないので、(役人も)とうとう女に杯を持たせて、饗宴の席に侍《はべ》らせることにした。男は酒の肴《さかな》に出してあった柑子《かんし》の実(橘《たちばな》の実)を取って、女にすすめて、

五月《さつき》待つ　花橘《はなたちばな》の　香《か》をかげば
　むかしの人の　袖の香ぞする

と歌った。女はすぎし日のことを思い出して、世の無情を感じたものか、ついに落飾《らくしょく》して、(尼となり)山に入ってしまった。

六一　あの人ですよ、色好みの人は

往昔《むかし》、ある男が筑紫の国まで下《くだ》って行ったことがあった。あるとき、ある家の前を通ると、簾《すだれ》の中で一人の女が、「あの人ですよ、その好きものだって言うのは」と、ほかの女にささやいている声が聞こえたので、男はすぐに歌いかけた。

染川を　渡らむ人の　いかでかは
色になるてふ　ことなかるらむ

そうすると、女もすぐに歌い返した。

名にしおはば　あだにぞあるべき　たはれ島
浪《なみ》の濡衣《ぬれぎぬ》　着るといふなり

六二　異郷の地で零落した女

往昔《むかし》、ある男に久しく音信《おとずれ》をしなかった女がいたが、あんまり利口な性質《たち》ではなかったと見えて、うっかり人に誘われて田舎にいって、ある家の婢《はしため》にやとわれていた。あるとき、はからずも、その家へ男が来合わせて、女は男の前へ出て給仕などをしたが、何だかそれと気が付かない様子であった。そのとき女は長い垂髪《たれがみ》を絹の袋に包んで、遠山《えんざん》の模様を摺《す》った長い襖《あお》（袷《あわせ》または綿入れの衣）を着て、すっかり風俗まで変わっていた。

その夜、男は主人に頼んで、この女を貰《もら》い受けることにして、そばに呼び寄せてから、

「お前はもう、おれを見忘れたのか」

と女に訊《き》いた。そうして、女の零落《れいらく》を憐んで、

いにしへの　匂ひはいずら　さくら花
散れるがごとも　なりにけるかな

という歌を詠んだが、女はこんな姿を見られて恥ずかしいと思ったのであろう。俯《うつむ》いたまま、黙っていた。

「なぜ返事をしないのだ」

と聞くと、女は、

「涙がこぼれて、目も見えなければ、口をきくことも出来ません」と、はじめて悲しげに言うのであった。男はまた、

これやこの　われに逢ふ身を　のがれつつ
年月《としつき》経《ふ》れど　まさり顔なる

と念じながら、着物を脱いでやったけれども、女はそれを棄《す》てて逃げ出していったきり、どこへいったのか、ついに行方《ゆくえ》が分からなかった。

六三　やさしい男

往昔《むかし》、老いてもなお好色な女がいた。どうかして情け深い男にめ

ぐり逢いたいと思っていたが、それを言い出すことも出来ないので、三人の息子たちを呼び集めて、作り事の夢物語にかこつけて、それとなく夢占《ゆめうら》をさせた。

二人の兄は素気《すげ》ない返事をしたばかりであったが、三番目の弟だけは、

「きっと好い男に出逢う兆《しるし》でしょう」

と言ったので、母は非常に喜ばしく思った。

そこで女は、ほかの男はみんな薄情だから、どうかあの在五《ざいご》中将に逢いたいものだ、と念じていると、ある日、はからずも（在五中将が）鷹狩に行く途中で出会った。女は男の乗っている馬の轡《くつわ》を取って、これほどまでに思っていると言ったので、男も可哀いそうになって、とうとうその夜はその女のところへいって寝たのである。

その後、男が通《かよ》ってこないので、女は心配して男の家にいって、中の様子を垣間《かいま》見ているると、男はそれと見て、

百年《ももとせ》に　一年《ひととせ》足《た》らぬ　つくも髪
われを恋うらし　おもかげに見ゆ

という歌を読んで、馬に鞍を置かせて外へ出かける支度《したく》をした。女は飛び立つように思って、荊棘《いばら》の路もかまわず走って、急いで家に帰って来て寝ていた。男はやっぱり女がしたように、忍んでいって垣間《かいま》見ると、女は嘆きながら寝ようとして、

さむしろに　衣かたしき　こよひもや
恋しき人に　逢はでわが寝《ね》む

と歌っていた。それを聴いた男はまた女が可哀いそうになって、その夜はその女のところで寝た。

世の中の人のならわしで、誰しも思う人と、思わない人があるのに、この男（在五中将）は老若の別なく、情けをかけてやったほど〝もののあわれ〟をよく知っていたのである。

六四　謎の女

往昔《むかし》、ある男のところへ艶書《えんしょ》を送った女房があったが、そののち隠《かく》れて逢うということもしなかったので、その女がどこの局《つぼね》にいるのだか、まるで男には分からなかった。男はなんだか不思議に思われたので、

吹く風に　わが身をなさば　玉簾《たますだれ》
もとめつつ　入らましものを

と言ってやると、その謎の女からは、

とりとめぬ　風にはありとも　玉簾《たますだれ》
誰《た》が許さばか　隙《すき》もとむべき

という歌を返してきたが、それっきり文《ふみ》も来なくなった。

六五　男も女も身を滅す

往昔《むかし》、帝王（天皇）の寵《ちょう》を一身にあつめて、禁色《きんじき》の服まで許されている女がいた。その女は大御息所《おおみやすんどころ》（天皇の母）の従妹《いとこ》であったが、そのころ同じ朝廷に仕えている在原《あいはら》という男がまだ十三、四歳の少年だったのと恋し合った。男はまだ子供だったので、女のいる局《つぼね》の方へいくことも許されていたから、毎日女のそばへいって顔を見るのを楽しみにしていた。

「こう毎日逢っていては、どうやら人の見る目も悪いし、身を滅すようになるといけないから、これからはあんまり来ないようになさいね」

こうあるとき女が言ったけれども、男は、

思ふには　忍ぶることぞ　負けにける
逢ふにして代《か》へば　さもあらばあれ

と言って、女が台盤所《だいばんじょ》（清涼殿内の女房の詰所）から曹子《そうし》（女官の居室・自室）に下《お》りて来ると、それまでは少し矯《たしな》んでいた（遠慮していた）ものが、ここではもう人目もはばからずに、前よりもひどく女のあとを追った。女ももうどうすることも出来なくなって、自分の里に下《さ》がっていったが、男はかえってそれを好《よ》いことにして、しばしばそこへ通っていった。そうしてこのことは、すぐに皆んなに知れて、笑い話の種になっていた。

ある日なぞは、朝早く女のところから帰ってきたところを、主殿寮《とのもりょう》の役人のために見つけられたので、慌てて自分で履物《はきもの》を脱いで、奥の方へ投げ込んだまま、朝廷に出仕したことなぞもあった。

このやって見苦しいほど女につきまとっていたが、そのうちには自分の身も滅ぶようなことになるだろうと思うと、こうやっているのが恐ろしくってならない。そこで彼は、どうぞ、この恋を止《や》むようにと、神仏に祈願をこめたけれども、いよいよ思いがつのるばかりで、とても諦めることは出来そうもなかった。しまいには、陰《おん》陽《みょう》師《じ》や巫女《みこ》などを呼び寄せて、汚れた恋を思い切るように、神に多くの供物をそなえて、加茂の川辺で祓いをしたが、ただ悲しくなるばかりで、恋しさはかえって前よりも増した。

恋せじと　御手洗川《みたらしがわ》に　せし御祓《みそぎ》
神は受けずと　なりにけるかな

彼はこう歌って、悄然として家に帰った。

このときの帝《みかど》（天皇）は、美しい容貌を持った方《かた》であった。朝の勤行《ごんぎょう》にお出ましになって、仏名《ぶつみょう》をお唱《とな》えになる尊いお声を聴いていると、女はひとりでに涙がこぼれた。あんな男の悪縁に引かされて、こんな好《よ》い天子様に仕《つか》えることもできない、自分の不幸な運命を思うと、女はただ泣くよりほか仕方がなかった。

しかし、そうしているうちに、そのことがはからずも帝《みかど》のお耳に入って、とうとう男は流罪になった。そうして女は、従姉《いとこ》の大御息所《おおみやすんどころ》に預けられたうえ、御所の倉の中に押し籠《こ》められた。

海女《あま》の刈る　藻《も》に住む虫の　われからと
音《ね》をこそ泣かめ　世をば恨みじ

女がこう倉の中で泣きながら歌っていると、男は流された国から夜毎《よごと》に出てきて、笛を上手に吹きながら哀れな歌を歌うのである。女は聴きおぼえのある男の声だと思うけれども、倉の中に押し籠《こ》められている身は、逢うことも出来ない。

さりともと　思うらむこそ　悲しけれ
　あるにもあらぬ　身をば知らずして

こう女が心の中で思っていることも知らず、男は女に逢うまではと、いつまでもそこらを彷徨《さまよ》いながら歌っていた。

いたずらに　往《ゆ》きては来《き》ぬる　ものゆえに
　見まく欲しさに　誘《いざな》はれつつ

これは多分、清和天皇の時代のことであろう。大御息所というのは、染殿《そめどの》の后《きさき》のことであるが、あるいは五条の后《きさき》だという説もある。

六六　難波の海の舟

往昔《むかし》、ある男が摂津《せっつ》の国に領地があったので、兄弟だの友だちだのを連れて、難波《なにわ》の浦へ遊びにいった。そうして海岸に舟が多く群がっているのを見て歌った。

難波津《なにわつ》を　今日こそ　みつの浦ごとに
　これやこの世を　海わたる舟

みんな、この歌に感心して帰ってきた。

六七　生駒の山

往昔《むかし》、ある男が二月ごろ、親しい友だちを誘い合って、散歩がてら和泉《いずみ》の国へ遊びにいった。河内《かわち》の国の生駒山を見ると、いかんとも定まらない空模様なので、ほとんど雲に覆われていたが、そのうち朝から曇っていた空は、昼ごろになってやっと晴れた。山を見れば雪が白く、樹々の梢に降り積もっている。それを見てその中の一人が歌った。

昨日今日　雲の立ちまひ　隠さふは
花の林を　憂《う》しとなりけり

六八　住吉の浜を詠む

往昔《むかし》、ある男が和泉《いずみ》の国へいった。摂津《せっつ》の国の住吉郡住吉村住吉の浜に通りかかると、あんまり景色がよいので馬から下りて、眺望をほしいままにしながら歩いた。そのとき、ある人から「住吉の浜」（という句を入れて）歌を詠め、と言われて、

雁《かり》啼《な》きて　菊の花咲く　秋はあれど
春の海辺に　住吉の浜

と歌ったら、みんな感心してしまって、誰もつづいて歌うものがなかった。

六九　はかない逢う瀬

往昔《むかし》、ある一人の男がいて、勅使《ちょくし》として伊勢の国の狩倉に遣《や》られた。そのとき、そこの斎王《いつきのみこ》（伊勢神宮に奉仕する未婚の内親王または女王）のところへ母親から、今度のお勅使は大切にするようにと言ってきたので、彼《か》の女はその言葉にしたがって、たいへん丁寧《ていねい》に労《いたわ》って、朝は心を付けて（気を配りながら）狩倉に立たせ、夕はまた斎宮《いつきのみや》へ帰ってこさせた。男はこうやって親切な歓待にあずかっているうちに、とうとう女に言い寄る機会をとらえたのである。

二日目の晩に、男はどうしても逢おうと言うし、女もまた、逢うのが嫌でなかったが、なにぶん人目が多いので、なかなか二人の思うようにならなかった。

男は使いの中の主だった人なので、遠いところには寝ていないで、女の寝間からも近かったから、女は人が寝静まるころをうかがって、夜半《よなか》に男のところへ忍んできた。男もそれまで寝つかれないで、外を見ながら横になっていると、夢のような月光の中に、小さい童《わらわ》を先に立てて、近づいてくる女の姿が見えた。男は飛び立つような思いで、自分の寝間へ連れていって、十二時ごろから三時ごろまで一緒にいたが、まだしみじみと話をしないうちに、女は男を残して帰ってしまった。男は悲しさに堪えかねて、とうとう、その夜は眠られなかった。

その翌朝になってから、何となく心がかりに思われたけれども、こっちから使いをやることも出来ないので、心もとなく消息を待っ

ているとと、すっかり夜が明けてしまった時分に、女のところから手紙がきた。しかし、それには何の文言《もんごん》もなく、ただ、

君や来《こ》し　われや往《ゆ》きけん　思ほえず
　夢かうつつか　寝ても覚めてか

という歌が書いてあるばかりであった。
男はそれを見ると悲しくなって、

かきくらす　心の闇に　まどひにき
　夢うつつとは　こよひさだめよ

と言ってやって、そのまま狩倉に出かけていった。野山を歩き廻っていても、うかうかと夢を見ているような心持ちで、せめて今夜は

みんなを早く寝鎮まらせて、女にゆっくり逢おうなどと、そんなことばかり考えていた。

そうすると、その夜は折りあしく、齋宮頭《いつきのみやのかみ》を兼ねた国守が、狩倉に勅使が来られたというので、饗宴《きょうえん》を催して一晩中飲みあかしたから、ついに男は女に逢う機会を失ってしまった。翌日は尾張の国へいくことになっているので、二人は嘆き悲しんだけれども、もうその晩は逢うことが出来ない。空がようやく白《しら》む時分になって、女から表に歌を書いた杯《さかずき》をよこした。見るとそれには、

徒歩《かち》ひとの　わたれど濡れぬ　えにしあれば

と書いてあるだけで、下《しも》の句《く》がない。男はすぐに、その杯の裏に松《たい》明《まつ》の炭で下《しも》の句を書き加えた。

また逢阪の　関は越えなむ

その朝、男は尾張の国へ旅立っていった。

七〇　大淀の渡し

往昔《むかし》、ある男が勅使として狩倉を見にいった帰り道、大淀というところに泊ったとき、齋宮《いつきのみや》から来た使いの童《わらわ》に言った。

海松布《みるめ》苅《か》る　方《かた》はいずこそ　竿《さお》さして
われに教へよ　海士《あま》の釣舟

七一　神の禁じる道ではないのですから

往昔《むかし》、ある男が伊勢の齋宮《いつきのみや》に勅使としていったとき、そこに好色な侍女《じじょ》がいて、密《ひそ》かにこんな歌をよこした。

千早振る　神の忌垣《いがき》も　越えぬべし
　大宮人《おおみやびと》の　見まく欲しさに

男はすぐに返歌をした。

恋しくば　来ても身よかし　千早振る
　神のいさむる　道ならなくに

七二　大淀の松

往昔《むかし》、ある男が伊勢の国に住んでいる女に、再び逢う時もなく、その隣国へ行かねばならなかったので、ひどく女を恨んでいると、それを聴《き》いて女からこんな歌を送ってきた。

大淀の　松はつらくも　あらなくに
恨みてのみも　かへる浪かな

七二　大淀の松

七三　月の桂のごとき人

往昔《むかし》、そこにいるとは聴《き》いているけれども、言葉をかけることもできない。女の家の辺《あたり》を歩いて、ある男がこんなことを思った。

目には見て　手には取られぬ　月のうちの
桂のごとき　君にぞありける

七四　女を恨んで

往昔《むかし》、ある男がひどく女を恨んで歌った。

岩根ふみ　重なる山は　隔《へだ》てねど
　逢はぬ日多く　恋ひわたるかな

七五　なかなか逢えない女

往昔《むかし》、ある男が伊勢の国の女に、一緒に京へいって逢おう、と言うと、女は、

大淀の浜に　生《は》ふてふ　海松《みる》からに
　心はなぎぬ　語らはねども

と言って、一層前よりは情無《つれな》くなった。これを聴《き》いて男が、

袖濡れて　海士《あま》の苅《か》り干《ほ》す　わたつみの
　海松《みる》を逢うにて　やまんとはする

と言って恨むと、女はなお、

岩間より　生《は》ふる海松布《みるめ》し　常ならば
　潮干《しおひ》潮満《しお》ち　甲斐もありなむ

と言って肯《がへん》じない。男はまた、嘆いて歌った。

涙にぞ　濡れつつしぼる　世の人の
　つらき心は　袖のしずくか

なかなか逢うのに難しい女であった。

七六　翁の心の中は

往昔《むかし》、二条の后《きさき》をまだ東宮の御息所《みやすんどころ》と申し上げていた時分のことである。

あるとき、氏神へご参詣になって、供奉《ぐぶ》の人たちに御下賜《ごかし》のことがあったが、このとき、ある近衛中将の翁も、御車《みくるま》からお手づから頂戴した。

大原や　塩の松も　今日こそは
　神代のことを　思ひ出ずらめ

翁はこういう歌を詠んで奉《たてまつ》ったが、さぞ心の中では悲しかった

であろう。どんな心持ちがしたか、思いやられて哀れである。

七七　仏事と春の心の歌

往昔《むかし》、田村天皇と申し上げる帝《みかど》があって、そのときの女御《にょうご》に多賀幾子《たかきこ》という方がおられた。その方《かた》が亡《な》くなられてからのちの仏事を、三月の晦日《みそか》に安祥寺で行われた。いろいろの人が供物を捧げたので、その数は夥《おびただ》しいものであった。それだからそれを木の枝につけて、堂の前に立てたらば、まるで山でも動きだしてきたように見えた。

そのころ右大将藤原常行という方《かた》があった。読経が終わってから歌を詠む人たちを集めて、今日の仏事を題にして春の心を歌え、と言われた。右馬頭《うまのかみ》であった翁は、老眼をしばたたきながら詠んだ。

山のみな　移りて今日に　逢ふことは
　春のわかれを　訪ふとなるべし

今見れば、さして秀歌とも思われないが、その当時はこんなのが好《よ》かったのか、みんなこの歌を聴《き》いて感心した。

七八　奇石に歌を刻んで献上

往昔《むかし》、多賀幾子《たかきこ》という女御《にょうご》があったが、その方《かた》が亡《な》くなられて七七日の仏事を、安祥寺という寺で行われた。右大将藤原常行という方があったが、その仏事の帰り途に、山科法親王のおいでになる、瀑《たき》や流れなど面白く造った、山科の御所に立ち寄られた。そうして、「永年、よそながら心を寄せて仕《つか》えておりますが、まだ近くお仕え申したこともございませぬ。今夜こそ御目通りにうかがいしました」と申しあげると、親王はたいへんお喜びになって、寝所の支度までもおさせになった。

やがて右大将は御前を退ってきて、そこにいた人たちに、「ご奉公のはじめに、何もしないというのも面目ない。昔、（清和天皇が私の）父の良相《りょうしょう》の西三条の邸《やしき》へ行幸になったとき、紀伊の国の千里の浜から奇石を取り寄せて献上しようとしたことがあったが、それが行幸の間に合わなかったので、今はある人の曹子《そうし》（部屋）の前の溝に据えてある。庭がお好きな親王のことだから、あの石がちょうど好《よ》かろう」

といって、随身《ずいしん》や舎人《とねり》を取りにやった。ほどなく運んできたのを見ると、聞きしにまさる奇石である。ただこの石ばかり献ずるのでは興《きょう》が浅い、というので、そこにいた人たちに歌をお詠ませになった。右馬頭《うまのかみ》は青い苔を刻んで、蒔絵《まきえ》のように歌を書いて奉《たてま》った。

飽《あ》かねども　岩にぞ代ふる　色見えむ
　心を見せむ　よしのなければ

七九　出産の祝い

往昔《むかし》、在原《ありはら》の一門の者の腹に皇子《おうじ》（親王《しんのう》）が生まれたので、その

産屋《うぶや》の祝いにみんなで歌を作った。そのとき、その皇子の大祖父にあたるある翁は、

わが門《かど》に　千尋《ちひろ》ある竹を　植ゑつれば
　夏冬誰れか　隠れざるべき

と詠んだ。

この皇子は貞数《さだかず》親王で、その時代の人はもっぱら業平《なりひら》の子だという噂をしていた。兄の中納言行平の娘の生んだ皇子なのである。

八〇　藤の花を贈るとき

往昔《むかし》、ある零落した家に、藤の花を植えた人があった。花が美し

く咲いた三月下旬、雨がしめやかに降るなかでそれを折って、ある人のところへ贈ろうとしたとき、歌を詠んだ。

濡れつつぞ　強《し》ひて折りつる　藤の花
春は幾日《いくひ》も　あらじとおもへば

八一　いつの間に塩釜に来たのだろう

往昔《むかし》、左大臣《さだいじん》源　融《みなもとのとおる》という方《かた》があって、加茂川の岸の六条のほとりに、数寄《すき》をこらした家を作って住んでおられた。（旧暦）十月の末近く、菊の花がもう盛りをすぎて、紅葉《もみじ》も美しく彩《いろど》られていた。ある日、親王たちをお招き申し上げて、長夜《ながよ》の宴《えん》を張ったあげく、黎明《れいめい》の近づいてきた時分に、数寄《すき》をこらしたこの家を讃《たた》える歌を詠み合ったことがある。ちょうどそのとき、そこに卑しい翁がいて、板敷《いたじき》の下を這い歩いていたが、みんなが作ったあとでこんな歌を詠んだ。

塩釜《しおがま》に　いつか来にけむ　朝凪《あさなぎ》に
　釣する船は　ここに寄らなむ

その翁は昔、陸奥《むつ》の国にいって、山水の美に富んでいるのを知っていた。そうして日本六十余州の中で、塩釜のようなところはないと思っていたから、それでこの家を讃えて、

「塩釜にいつか来にけん（私は塩釜にいつの間にやって来たのだろう）」

と言ったのである。

八二　惟喬親王《これたかしんのう》の桜の宴

これも古き世の物語である。

その時分に惟喬親王《これたかしんのう》と申しあげる皇子があって、山崎のあたりの、水無瀬《みなせ》というところにその御別業《ごべつぎょう》（離宮）があった。毎年桜の盛りな時分にお出かけになったが、そのときはいつも、右馬頭《うまのかみ》であった人を連れておいでになった。もうかなり時を経た、往昔《むかし》のことであるから、ただ右馬頭と（いう役職）ばかりでその人の名は忘れた。

狩倉にはあまり往《ゆ》かれないで、酒を飲みながら歌にばかり耽《ふけ》っておられた。その狩倉の交野《かたの》にある、渚の院の桜は殊《こと》に美しかったから、その樹蔭《こかげ》に憩《いこ》って、花を折って頭に挿しながら、君臣の別なく

歌を作った。右馬頭であった人が、

世の中に　絶えて桜の　咲かざらば
　春の心は　のどけからまし

と歌うと、すぐにそれにつづいて、

散ればこそ　いと桜は　めでたけれ
　憂《う》き世に何か　久しかるべき

と歌う者があった。そうしてその樹蔭を立ち去ったのは、もう黄昏《たそがれ》に近い時分であったが、このときまた、酒を持った供の人が、突然、野の方から現れて来たので、更にその酒を飲む場所を捜して、とうとう天の河というところまで来た。皇子に右馬頭が杯を献じよ

うとすると、「交野《かたの》を狩りて、天の河に至る」という題で歌を詠んでから、その杯を差せとおっしゃったので、

狩りくらし　たなばたつ女《め》に　宿からむ
　天の河原に　われは来にけり

と詠んで奉《たてまつ》った。皇子はいくたびもくりかえして読んでいらしたが、何とも返歌をなさらない。お供をしていた紀有常が代わって詠んだ。

一年《ひととせ》に　一度《ひとたび》来ます　君待てば
　宿かす人も　あらじとぞ思ふ

御所にお帰りになってからも、夜が更けるまで酒を召しあがりながら物語をなすって、そのうちに主人の親王は酔って寝所へお入りなってしまっ

た。そのときちょうど、十一日の月も隠れようとしていたので、右馬頭は、

飽かなくに　まだきも月の　隠るるか
　山の端遁《はに》げて　入れずもあらなむ

と歌って、尽きざるその夜の興《きょう》を惜しんだ。そうすると、また皇子に代わって、紀有常が歌った。

おしなべて　峰も平《たいら》に　なりななん
　山の端なくば　月も隠れじ

八三　親王の突然の出家

往昔《むかし》、水無瀬《みなせ》の御所にお通いになった惟喬親王《これたかしんのう》は、例の狩倉のお供に、右馬頭《うまのかみ》の翁を伴れて往《ゆ》かれた。幾日かたって都にお帰りになったが、お見送りして早く帰ろうと思っていると、酒饌《しゅせん》（酒や食べ物）を賜ったうえ、何か下《くだ》されものがあると言って、なかなか（帰宅を）お許しにならなかった。右馬頭はお許しを待ちかねて、

枕とて　草引き結ぶ　こともせじ
　秋の夜《よ》とだに　頼まれなくに

と歌ったが、春の短夜《みじかよ》のころでもあるし、親王は寝所へもお入りにならないで、とうとう、その夜は語り明かした。

こうやって親しくお仕え申しているうちに、親王は突然剃髪《ていはつ》して沙門の身となり、小野の里に遁世《とんせい》をなすってしまわれた。正月になっ

てから、お目にかかろうと思って往《ゆ》くと、比叡山の麓であるから、雪が深く積もっていた。庵室を訪れると、寂しそうにしていらっしゃるお姿が、何となくもの悲しく見えたので、しばらくお話などしたあとで、思わず往昔《むかし》の追憶などが口にのぼった。今夜はここに留《とま》っていたいとは思ったけれども、お上の用事もあったので、そうも出来ない。薄暮《はくぼ》になって帰ろうとして、

忘れては　夢かとぞ思ふ　思ひきや
　雪踏み分けて　君を見むとは

と歌ってから、涙に袖を濡らして別れた。

八四　母のやさしさに泣く

往昔《むかし》、ある男がいたが、身分は低いものであったけれども、その母はある内親王（皇女）であった。母は長岡というところに住み、子は京《みやこ》で仕官をしていたので、心に懸けていないわけではないが、そうたびたび母を訪れることができなかった。しかし、一人子《ひとりご》のことだったから、母の愛はその一身に集まっていた。

そうしているうちに、十二月のある日のことである。母から急な手紙が来たので、驚いて披《ひら》いてみると、別に何にも書いてなくて、

老いぬれば　さらぬ別れの　ありと云へば

いよいよ見まく　欲しき君かな

と一首の歌が書いてあった。これを見て、取るものも取りあえず、馬にも乗らないで出かけていったが、道すがら母の優しい心を思うと、胸がいっぱいになって涙がこぼれた。

世の中に　さらぬ別れの　なくもがな
千代もと祈る　人の子のため

八五　雪に降りこめられたとき

往昔《むかし》、ある男がいた。幼少の時分から仕えていた皇子が、剃髪《ていはつ》して沙門の身となられたので、いつもは士官の身の心には任せなかったけれども、正月になると、必ずその庵室を訪れて、旧の誼《もとよしみ》を忘れなかった。往昔《むかし》（皇子に）仕えていた人たちで、僧俗の別《わかち》なく、大勢集まって、正月のことだからというので酒饌《しゅせん》（酒や食べ物）を賜ったことがあった。

雪が霏々《ひひ》（たえまなく）と降って終日止まなかったので、みんなは酔って、

「雪に降り籠《こ》められたるとき」

という題で歌を作った、そのとき、彼は、

思へども　身をしわけねば　目離《めか》れせぬ

雪のつもるぞ　わが心なる

という歌を詠んで、たいへん皇子の御感賞《ごかんしょう》にあずかり、お召し物まで脱いで賜った。

八六　若い男と女

往昔《むかし》、ある若い男がある若い女と契《ちぎ》ろうと言った。しかし二人とも親のある身であったから、言いだしたままで、その恋はついに遂げずにしまった。幾年もたってから、女はそのことを忘れずに、あの恋をとげようと迫ったけれども、男は何と思ったのか、ただ、

今までに　忘れぬ人は　世にもあらじ
おのがさまざま　年の経《へ》ぬれば

という歌を送ってやったきりだったので、それっきりその恋は終わってしまった。そののち男は女と同じ御所に仕えることになった。

八七　布引の瀑《たき》を眺めて

往昔《むかし》、ある男が摂津の国菟原郡《うばらぐん》芦屋の里に領地があったので、そこにいって住んでいた。古歌に、

芦の屋の　灘《なだ》の塩焼き　いとまなみ
　黄楊《つげ》の小櫛《こぐし》も　差さず来にけり

とあるのは、この里のことを詠んだので、「芦の屋の灘」というの

は、このことを言ったのである。

この男はなまなか士官をしていたものだから、衛府《えふ》の佐《すけ》(次官)などが遊びに集まってきた。この男の兄も、当時衛府の督《かみ》(長官)をとめていた。みんなで、家の前の海岸を遊び歩いたあげく、これからそこの山の上にある、布引の瀑《たき》を見にいこう、ということになった。

登っていってみると、その瀑《たき》は他の瀑《たき》と違って、高さが二十丈(約六〇メートル)、広さが五丈(一五メートル)ばかりもある石の面を、白絹で包んだように流れ落ちている。そうしてその瀑《たき》の上流にはちょうど円座《わろうだ》(わら縄で渦巻状に編んだ円形の敷物)ぐらいの大きさに突き出した石があって、水はその石に当たって砕けて、小さな鉗子《かんし》の実が栗ほどの大きさの粒《つぶ》になって飛び散っている。そこにいた人たちは、みんな瀑《たき》の歌を作ることになって、衛府の督《かみ》(長官)がまず最初に詠んだ。

わが世をば　今日か明日かと　待つ甲斐の
　涙の玉と　いずれまされり

次に、主人の男が詠んだ。

貫《ぬ》きみだる　人こそあるらし　白玉の
　まなくも散るか　袖の狭きに

それを聞いて、そばにいた人たちはなにかおかしいことでもあったのか、それぎり歌を作らなかった。帰り途《みち》は路《みち》が遠くて、亡き宮《く》内卿《ないきょう》の家の前へ来ると、日が暮れた。わが家の方《かた》を眺めると、点々として漁火が見えたので、主人の男はまた歌を詠んだ。

晴るる夜の　星か河辺の　蛍かも
　わが住む方《かた》の　海人《あま》の焚《た》く火か

家に帰ると、この晩は南風が吹き荒《すさ》んで浪が高かった。翌朝女たちは浜辺にでかけていって、浪に打ち寄せられた流れ藻《も》を拾って、家に持って帰って来た。そうして、海松《みる》を高杯《たかつき》に盛って樫《かし》の葉で覆《おお》って出したが、その葉にはこんな歌が書きつけてあった。

わだつみの　挿頭《かざし》に差すと　いはふ藻も
　君がためには　惜しまざりけり

田舎人《いなかびと》の歌としては秀逸であろう。

八八　月見の宴で

往昔《むかし》、あまり若くない中年の人たちが、誰彼と友だちを集めて、月見をしたことがあった。その中の一人が歌った。

おおかたは　月をも愛《め》でじ　これぞこの
積れば人の　老となるもの

八九　人知れぬ恋

往昔《むかし》、ある身分のある男が、自分よりも地位の高い貴人《あてびと》の女に恋慕して、幾年かをすごした。あるとき、その男はこんな歌を詠んで嘆いた。

人知れず　われ恋しなば　あじきなく
　いずれの神に　なき名負《お》わせむ

九〇　つれない人と桜の花

往昔《むかし》、ある男がある薄情な女を、どうかして靡《なび》かせようと思って、心を苦しめて（くだいて）いた。それを見て女も哀れだと思ったのであろう。それでは、明日、簾越《すだれご》しにでも話そう、と言ったのを、男は非常に喜んだけれども、まだ何だか疑わしかったから、

九〇　つれない人と桜の花

ちょうど盛りだった桜の枝につけて、こんな歌を送ってやった。

さくら花　今日こそかくは　匂ふとも
あな頼みがた　明日の夜のこと

さもあるべき歌である。

九一　行く春を惜しんで

往昔《むかし》、何事も思うようにならないので、「時」の過ぎてゆくことまで嘆いていた男が、往《ゆ》く春の日を惜しんで歌った。

惜しめども　春のかぎりの　今日の日の

ゆふぐれにさえ　なりにけるかな

この歌の深い心を、知っているものはいるであろうか。

九二　手紙さえ出せずに

往昔《むかし》、ある男が恋しさに堪えかねて、女の家のそばまで来て、いつも逢えないで帰っていったが、それでもまだ女のところへ手紙をやることも出来ないで、ひとり思い悩んでこんな歌を歌っていた。

芦辺漕ぐ　棚《たな》なし小舟　いくそたび
往《ゆ》きかえるらむ　知る人なしに

九三　身分違いの恋

往昔《むかし》、ある身分の低い男が、ある貴人《あてびと》の女を恋した。しかし女はいつも頼りない様子だったので、昼となく夜となくその女のことを思って、懊悩《おうのう》のあまりにこんな歌を詠んだ。

おふなおふな　思ひはすべし　なぞへなく
高く卑しき　苦しかりけり

今も昔も、恋には変わりがなかったと見える。

九四　春はあなた、秋は今の人

往昔《むかし》、ある二人の恋人がいたが、どういう訳だか、男の方から通わなくなった。女はそののち、また他に男が出来たけれども、前の男とは子供まで生《な》した仲だったので、昔のようなこまやかではないが、ときどき手紙ぐらいはやりとりをしていた。

絵を描《か》く女だったから、扇を持たせてやったけれども、今の男が来ていたので、二、三日、返してよこさなかった。今は別れた間なのだから、自分が頼んだことを今までしてくれないのも、道理だとは思ったけれども、男にはそれが切なかった。ちょうど秋のことだったので、こんな歌を詠んでやった。

秋の日は　春日《はるひ》忘るる　ものなれば
霞に霧や　立ちまさるらむ

そうすると、女から返歌がきた。

千々《ちぢ》の秋　ひとつの春に　むかはめや
紅葉《もみじ》も花と　ともにこそ散れ

九五　彦星の恋よりも激しい恋心

往昔《むかし》、二条の后《きさき》に仕えている男がいた。同じ御所に勤めている女と、いつも顔を見合わせているうち、いつしか恋を覚えるようになった。それで、女のところへ、どうかして、簾越《すだれご》しにでもよいから、逢ったうえで日頃の思いを打ち明けて、胸が晴らしたい、と言ってやったら、女は男の言うがままに、密《ひそ》かに簾越《すだれご》しに逢って話した。いろいろ話をしたあとで、男は歌った。

彦星に　恋はまされり　天の川
　へだつる関を　今はやめてよ

女はこの歌に感じて、それからは打ちとけて逢うようになった。

九六　来ない女に咀《のろ》いをかける

往昔《むかし》、ある男が長い間、ある女を思っていた。女も岩木《いわき》ではなかったから、いつかその情けにほだされて、男を慕わしく思うようになった。

ちょうど（旧暦）六月の中旬のことである。女は腫物《はれもの》に悩む身となったので、男のところへこう言ってやった。

「今はただ君を思いまいらすよりほかに他念なく候えども、身に病気も有之《これあり》候上《そうろううえ》、折から暑さきびしい候間《そうろうあいだ》、秋風吹き初めるころに、かならずお目もじ致したく、ひたすらその時のみ待たれ候」

そうして秋がくると女は、男の所へ逢いに往《ゆ》くということを父に知られて、激しい怒りに会ったうえ、にわかに兄の家に預けられることになった。女はその迎えがきたときに、楓《かえで》の初紅葉を拾わせて、それに歌を書きつけて置いた。

九六　来ない女に咀いをかける

秋かけて　云ひしながらも　あらなくに
　木の葉降り敷く　縁《えにし》こそありけり

かくて彼《か》の女は、男のところから誰か来たら、これを渡してくれ、と言ってここを去ったが、その後ついにどうなったか、その行方も知れなかった。男はそれを聞いて、非常に憤《いきどお》って、（天《あま》の）逆手《さかて》を拍《う》って、女を咀《のろ》った。

人を咀うなどという怖《おそ》ろしいことは、咀われた人の身に、はたして禍《わざわ》いがくるであろうか、どうであろう。それはよくは分らないけれど、今この男は、思い知れ、と言って彼の女を咀っていたのである。

九七　祝賀の宴の歌

往昔《むかし》、堀河の太政大臣《だいじょうだいじん》という人がいた。九条の邸《やしき》で四十（歳）の賀の饗宴があったとき、かの中将であった翁が歌った。

桜ばな　散り交《か》ひ曇れ　老いらくの
来むと云ふなる　道まがふがに

九八　造花の梅の枝

往昔《むかし》、ある太政大臣《だいじょうだいじん》がいた。ある年の（旧暦）九月ごろのことで

ある。その方に仕えている男が造花の梅の枝に雉《きじ》をつけて献じたが、そのとき、

わがたのむ　君がためにと　折る花は
時しもわかぬ　ものにぞありける

という歌を詠んだので、太政大臣は非常にお喜びになって、使者に褒美を下すったということである。

九九　かすかに見えた女の顔

往昔《むかし》、右近の馬場に騎射《きしゃ》（の催し）があった引折《ひおり》の日に、埒《らち》（馬場の周囲の柵）をへだてて向かい側に置いてあった（牛）車の簾《すだれ》の下から、

女の顔がかすかに見えたので、（近衛の）中将であった男が（歌を）詠んで送った。

見ずもあらず　見もせぬ人の　恋しくば
あやなく今日や　眺め暮らさむ

そうすると、女から返歌がきた。

知る知らぬ　何かあやなく　わきて云わむ
思いのみこそ　しるべなりけれ

そうして後になって、その女が誰であったかということが分かった。

一〇〇　忘れ草と忍ぶ草

往昔《むかし》、ある男が清涼殿と後涼殿の間を通っていくと、ある貴い女の方がお局《つぼね》の口から、忘れ草を差し出して、

「この草は忍ぶ草ともいうそうだね」

とおっしゃって、その男に下さった。男はそこでこんな歌を詠んだ。

忘れ草　生《は》ふる野辺とは　見るらめど
こは忍ぶなり　後もたのまむ

一〇一　珍しい藤の花を題に

往昔《むかし》、左兵衛督《さひょうえのすけ》（長官）を勤めていた在原行平《ありわらのゆきひら》という人がいた。この人の家に芳醇な酒があるというので、ある日、殿上人《てんじょうびと》たちが飲みに来たことがあった。その日は左中弁藤原良近《よしちか》という人を主賓にして饗宴を開いたが、主人の行平は風流気のある人で、そこには瓶に花を挿して置いてあった。

その花の中には、房の長さが三尺六寸もある、珍しい藤の花があったので、みんなそれを題にして歌を詠みはじめた。そうすると、みんなが歌を作ってしまう時分に、主人の弟がこの饗宴のことを聴きつけて来たので、すぐにその場で歌を詠ませた。もとより歌のことは知らないから、堅く辞退したけれども、強《し》いて詠めと言われたので、銓方《せんかた》なくこんな歌を詠んだ。

咲く花の　下に隠るる　人多み
　ありしにまさる　藤のかげかも

この歌はどういう意味だ、と問われたので、彼は、「太政大臣がその一族の中にいるので、藤原氏が一層栄華を極めているから、それを詠んだのだ」と答えた。それを聞いて、みんなはこの歌に批《ひ》を打つことを止めてしまった。

一〇二　同族のよしみで

往昔《むかし》、ある男がいた。歌は詠まなかったけれども、世の中の人情の機微に通じて、「ものの哀れ」をよく知った男であった。そのとき、ある貴族の娘が、落飾《らくしょく》（髪をおろして出家すること）して尼になって、世をきらった果《は》ては、都にも住まず、遠く山間に遁《のが》れている女があったが、男は同族の誼《よしみ》から、こんな歌を詠んで送った。

そむくとて　雲には乗らぬ　ものなれど
世の憂《う》きことぞ　よそになるてふ

一〇三　真面目《まじめ》な男の恋歌

往昔《むかし》、深草の帝《みかど》に仕えている男がいたが、いたって忠実な性質《たち》で、少しも軽薄なところがなかった。それだのに、どうした心のあやまちからか、親王たちの侍女と恋に落ちた。そうしてある日の朝、こんなことを言ってやった。

寝《い》ぬる夜の　夢を果敢《はか》なみ　まどろめば
いや果敢《はか》なくも　なりまさるかな

何という痴情を尽くした歌であろう。

一〇四　浮世に未練の祭り見物

往昔《むかし》、別段深い訳もないのに、落飾《らくしょく》した女があった。姿は緇衣《しい》（墨染めの衣）に変わったけれども、なお世の中が懐かしかったものか、加茂の祭りを見に出かけてきた。

それを見て、ある男が歌を詠んでやった。

世のうみの　あまとし人を　見るからに
目交《めくば》せよとも　思ほゆるかな

一〇五　つれない返歌

往昔《むかし》、ある男から、

「かくては命《いのち》死ぬべく候《そうろう》」

と言ってやったのに、女が答えて、

白露は　消《け》なば消《け》なまし　消えずとも
玉に貫《ぬ》くべき　人もあらぬを

という歌を返してよこした。男はこの歌を見て、女の薄情を憎くも思ったが、恋しさはかえってそれから一層増したのである。

一〇六　龍田川の川辺で

往昔《むかし》、ある男が、皇子たちが逍遙《しょうよう》（そぞろ歩き）なさるのに行き会わせて、龍田川の川辺にたたずんで歌った。

千早振る　神代もきかず　龍田川
からくれなゐに　水くぐるとは

一〇七　雨に濡れても

往昔《むかし》、なまなか（生半可《なまはんか》）に高尚がっている男の家に、召し使われている女があって、その女のところに内記《ないき》の藤原敏行《としゆき》という人が通っていった。女は容貌は美しかったけれども、年がまだ若かったので、艶書《えんしょ》（恋文）も満足には書けず、言葉の使いようさえも知らなかったから、歌などは無論詠めなかった。それだからその女の主人の男が、いつも艶書の草案を書いてやったので、男はそれとも知らず（女の手紙に）感心していた。あるとき、男が、

つれづれの　ながめにまさる　涙川
　袖のみ濡《ひ》じて　逢うよしもなし

と言ってやると、主人はまた女に代わって返歌を作って、

あさみこそ　袖は濡《ひ》ずらめ　涙川

身さえ流ると　聴かばたのまむ

と答えると、男は非常に喜んで、その歌を文篋《ふみばさみ》に入れて、方々の家を訪れて見せて歩いた。

そのうち男は女と逢うことができたが、その後しばらく経《た》ってから、こんな手紙を女に送った。

「参上致《いた》さんと存《ぞん》じ居り候処、生憎《あいにく》雨となるべき空模様に相なり候間、本意《ほい》なくも躊躇致し居り候、かく雨にのみ妨げらるるは、如《い》何《か》ばかり不幸の身かと嘆かれ候」

これを見て、主人はまた女に代わって、

かずかずに　思ひ思はず　問いがたみ

身をしる雨は　降りぞまされる

という返歌を送ると、男はその歌の心に惹《ひ》かされて、蓑笠《みのがさ》も着ずに雨に濡れて（急いで女のもとにやって）きた。

一〇八　蛙《かわず》鳴く田

往昔《むかし》、ある女が男の薄情を恨んで、

風吹けば　とはに浪越《なみこ》す　岩なれや
わが衣手の　乾く時なき

と、いつも口癖《くちぐせ》のように言っていると聴《き》いて、男が歌った。

宵ごとに　蛙《かわず》のあまた　鳴く田には
水こそまされ　雨は降らねど

一〇九　恋人を失いし友へ

往昔《むかし》、ある男が恋人を失った友だちのところへ、こんな歌を送ってやった。

花よりも　人こそ仇に　なりにけれ
いずれをさきに　恋いむとか見し

一一〇　今宵《こよい》の夢にあなたのお姿が

往昔《むかし》、ある男が密かに通っている女がいた。その女のところから、

「今宵夢に見《み》まいらせ候」

と言ってきたので、男が歌った。

思いあまり　出でにし魂《たま》の　あるならん
夜深く見《み》えば　魂《たま》むすびせよ

一一一　まだ見ぬ人に恋して

往昔《むかし》、ある男がある高貴な女のところへ、亡くなった人を弔うような体裁で、言ってやった。

いにしへは　ありもやしけむ　今ぞ知る
　まだ見ぬ人を　恋ふるものとは

女からはこんな返歌がきた。

下紐の　しるしとするも　あらなくに
　かかるか言《こと》は　懸《か》けずぞあるべき

また、男は返歌をした。

恋しとは　さらにも云《い》はじ　下紐《したひも》の
解《と》けむを人は　それと知らなむ

一一二　心変わりの女を恨んで

往昔《むかし》、ある男が深く契った女の心変わりを恨んで歌った。

須磨の浦の　汐焼く煙《けぶり》　風にいたみ
思はぬ方《かた》に　棚引きにけり

一一三　一人暮らしの男の歌

往昔《むかし》、女と別かれて、独棲《どくせい》（一人暮らし）をしているある男が歌った。

長からぬ　命のほどに　忘るるは
如何《いか》に短き　こころなるらむ

一一四　鷹匠の翁

往昔《むかし》、仁和《にわ》の帝《みかど》（光孝天皇）が芹河《せりがわ》に行幸になったとき、ある翁が、今は年にも似合わないことのように思ったけれども、若い時分の経験もあるので、大鷹の鷹匠として供奉《ぐぶ》の人たちの中に交《ま》ざった。翁はその日、摺《す》り（模様の）狩衣《かりぎぬ》を着ていたが、その袂《たもと》には鶴の形を縫いつけて、次のような歌が書いてあった。

翁さび　人なとがめそ　狩衣
　今日ばかりぞと　鶴も鳴くなる

陛下はその歌が御心に障ったものと見えて、いつになくご機嫌が悪かった。（翁は）己《おのれ》の老を嘆いたのだが、供奉《ぐぶ》の老人たちの中には、自分のことを諷したように思った人もあったようである。

一一五　餞別の宴

往昔《むかし》、陸奥《むつ》の国にある男と女とが住んでいたが、男が都へ行くと言うのを、女は非常に悲しがって、せめて餞別（の宴）をしようというので、興《おき》の井《い》都島《みやこじま》というところで、酒を飲んで歌った。

おきのいて　身を焼くよりも　悲しきは
都島あたりの　別れなりけり

男はこの歌を聴いて、哀れになって、またそこに留《と》まることになった。

一一六　陸奥からの手紙

往昔《むかし》、ある男が思いがけなくも、遠く陸奥《むつ》の国まで漂泊をしてきて、都の恋人のところへ言ってやった。

浪間より　見ゆる小島の　浜ひさぎ
久しくなりぬ　君に相見で

そうしてその手紙には、これまでの放縦《ほうじゅう》を悔いた文句が書き加えてあった。

一一七　住吉神社への行幸

往昔《むかし》、ある帝（天皇）が住吉（神社）に行幸になったことがあった。

そのとき、

わが見ても　久しくなりぬ　住吉の
岸の姫松　幾代経《へ》ぬらむ

という御製《ぎょせい》（天皇の作った詩文・和歌）をお詠みになると、明神も歌に感じ給うてか姿を現して返歌をなすった。

むつまじと　君は知らずや　瑞垣《みずがき》の

久しき世より　いわひ初めてき

一一八　突然の便り

往昔《むかし》、久しく消息の絶えていた男のところから、突然、「いかでか忘れ申すべきや、近日お訪ね致すべく候」と言ってよこしたので、女が歌った。

玉葛《たまかずら》　はふ木あまたに　なりぬれば
絶えぬ言の葉　うれしげもなし

一一九　形見の品を見て

往昔《むかし》、別れた男が形見だと言って、遺《のこ》していった物を見て、ある女が歌った。

形見こそ　今は仇なれ　これなくば
　忘るる時も　あらしものを

一二〇　いつの間にか

往昔《むかし》、まだ年も若くて、男を知るまいと思っていた女が、いつの

間にか、他の男と忍んで逢っていることが分かったので、ある男はこんな歌を女のところへ送った。

近江なる　筑摩の祭　とくせなむ
つれなき人の　鍋の数見む

一二一　梅壺の人

往昔《むかし》、梅壺《うめつぼ》（の局《つぼね》）から雨に濡れて出て行く人があるのを見て、ある男が歌い懸けた。

鶯の　花を縫《ぬ》うてふ　笠もがな

濡《ぬ》るめる人に　着せてかえさむ

そうすると、その人はすぐに返歌をした。

うぐいすの　花を縫《ぬ》ふてふ　笠は否《いな》
おもひを告げよ　乾してかへらむ

一二二　約束を破った女に

往昔《むかし》、ある男が一度は恋に落ちたこともあったのに、それを忘れてしまっている女のところへ、

山城の　井手の玉水　手にむすび
頼みし甲斐も　なき世なりけり

と言ってやったけれども、女からは何の返事もなかった。

一二三　男を思いとどまらせる

往昔《むかし》、ある男がいた。深草に住んでいる女に、少し倦《あ》きてきたのでこんな歌を詠んでやった。

年を経《へ》て　住み来し宿を　出でて往《い》なば
いとど深草　野とやなりなむ

そうすると、女からの返歌に、

野とならば　鶉《うずら》となりて　鳴きおらむ
狩りにだにやは　君は来《こ》ざらむ

とあったので、男はその歌に感じて、女のところから去ろうとする心を、ついに、思いとどまってしまった。

一二四　心に思うこと

往昔《むかし》、ある男が何を思っているときであったか、世を嘆いて悲しげに歌った。

思ふこと　云《い》わでぞただに　止《や》みぬべき
われとひとしき　人しなければ

一二五　ついに行く道

往昔《むかし》、ある男が重い病《やまい》の床に臥《ふ》して、今が最後と思われたときに歌った。

つひに往《ゆ》く　道とはかねて　聴きしかど
昨日今日とは　思はざりしを

訳者紹介

吉井　勇（一八八六―一九六〇）

大正・昭和期の歌人、脚本家。伯爵。祖父は旧薩摩藩士の吉井友実、父は海軍軍人吉井幸蔵。

一九〇九年三月に戯曲「午後三時」を『スバル』に発表。坪内逍遥に認められ、続々と戯曲を発表して脚本家としても名をあげる。一九一〇年、第一歌集『酒ほがひ』を刊行。耽美派の歌人・劇作家としての地位を築いた。一九一五年、歌集『祇園歌集』を新潮社より刊行。装幀は竹久夢二、このころから歌集の刊行が増える。

一九六〇年 七四歳で死去。

画家紹介

竹久夢二（一八八四―一九三四）

数多くの美人画を残しており、その作品は「夢二式美人」と呼ばれ大正浪漫を代表する画家。

また、児童雑誌や詩文の挿絵も描いた。

新訳絵入 現代文 **伊勢物語**

平成二十三年二月十五日　初版第一刷発行

訳　吉井　勇

絵　竹久夢二

発行者　佐藤今朝夫

発行所　株式会社　国書刊行会

〒一七四―〇〇五六

東京都板橋区志村一―一三―一五

TEL 〇三（五九七〇）七四二一

FAX 〇三（五九七〇）七四二七

http://www.kokusho.co.jp

e-mail:info@kokusho.co.jp

印刷　株式会社エーヴィスシステムズ

製本　株式会社ブックアート

ISBN 978-4-336-05358-9